Für alle, die beim Zaubern dieses Buches mit-
geholfen haben.

Brigitte Geupel, geboren 1957, arbeitet als Kinder- und Jugendlichenpsychotherapeutin, Supervisorin und Dozentin.

Der Ort Lentas ist ihr nicht nur durch zahlreiche Reisen vertraut. Sie bietet dort auch zusammen mit KollegInnen Seminare an.

1998 veröffentlichte sie die Kinder-Geschichte „Plötzlich wird alles anders". Paul (7 Jahre) berichtet über seine Familientherapie.

2008 veröffentlichte sie zusammen mit ihrem Mann, Heinrich Koller, das „Kraft-Quellen-Set", Bildkarten mit Anleitung für ressourcenorientierte Interventionen.

Brigitte Geupel

Der Zauber von Lentas

Roman

Bibliografische Information der Deutschen
Nationalbibliothek
Die Deutsche Nationalbibliothek verzeichnet diese
Publikation in der Deutschen Nationalbibliografie;
detaillierte bibliografische Daten sind im Internet über
http://dnb.d-nb.de abrufbar.

Impressum
© 2010 Geupel Autor
Herstellung und Verlag:
Books on Demand GmbH, Norderstedt
Fotos: Archiv Koller/Geupel
Layout: Heinrich Koller
ISBN 978-3-8391-9054-8

Inhalt:

Nicht weil es unerreichbar ist, wagen wir es nicht, sondern weil wir es nicht wagen, ist es unerreichbar.

Seneca

Prolog I

Ambrosia kommt am Hafen von Gortys in Lebén an. Sie fühlt sich völlig erschöpft. Die lange Reise hat sie sehr angestrengt. Seit einiger Zeit ist ihr rechtes Bein steif. Sie zieht es mühsam hinter sich her. Die Lähmung begann, als sie erfuhr, dass ihr Ehemann im Krieg gefallen war. Seitdem hielt sie sich bisher nur noch im Hause auf, alle Lebensfreude ist aus ihr gewichen. Auf die Schwester gestützt geht sie langsam auf den Tempel zu voll Hoffnung, dass Asklepios ihr helfen möge.

Vor dem Heiligtum bleibt sie stehen und schaut sich um. Die Schönheit der Natur ergreift sie. Sie sieht das Meer, die Bucht zwischen den Bergen, die Harmonie zwischen Weite und Begrenzung. Sie atmet tief durch: „Hier ist es wunderschön!"

Vor dem Tempel vollziehen Ambrosia und ihre Schwester die Waschungen. Langsam gehen sie in den riesigen Tempelsaal, dessen Boden und Wände mit weißem Marmor geschmückt sind. Vor den Statuen des Gottes Asklepios und seiner Tochter, der Göttin Hygieia, legen sie Schmuck als Opfergabe ab. Ergriffen von der Erhabenheit des Ortes kniet Ambrosia nieder: „Gott Asklepios, Göttin Hygieia, befreit mich von meiner Krankheit." Ihr wird ein Becher mit dem Heilwasser gereicht. Sie trinkt, sieht sich um und hört plötzlich die Klänge einer Panflöte.

Sie lauscht der Musik. Andere Hilfesuchende gehen schon in die Richtung, aus der die Klänge kommen. Ihre Schwester hält sie fest und gemeinsam gelangen sie hinaus zu einem großen Platz, an dem ein Amphitheater gebaut ist. Ambrosia ist von all dem tief beeindruckt. Zwischen all den Menschen suchen sie sich zwei freie Plätze. Auf der Bühne stehen die Musiker. Doch bald verstummt die Musik und eine Theateraufführung wird angekündigt.

Dunkel und hell gekleidete Gestalten treten auf. Sie symbolisieren Gesundheit und Krankheit.

Im Widerstreit kämpfen diese Gestalten um die Vorherrschaft. Es entsteht ein Patt. Alle Zuschauer werden aufgefordert, der Gesundheit zu helfen. Sie singen, rufen, klatschen, feuern sie an. Die hellen Gestalten werden stärker und können die dunklen von der Bühne vertreiben. Die Gesundheit hat gesiegt.

In diesem Moment fühlte sich Ambrosia zum ersten Mal seit langem wieder gut. Es ist, als ob eine Last von ihr abfällt. Sie fühlt sich leichter und freier.

Sie lässt sich erfüllt von den intensiven Eindrücken in ihr Schlafgemach führen. Werden ihr der Gott und die Göttin helfen? Wird sie von ihrer Heilung träumen? Sie fällt in einen tiefen Schlaf. Sie sieht wieder die Statuen des Gottes und der Göttin. Die Gestalten winken ihr zu. Dann sieht sie sich auf einem Felsen sitzen am Meer. Sie sieht den vollen Mond, der sich im Meer spiegelt. Ein Mann, den sie heute hier auch im Heiligtum gesehen hat und der ihr gut gefallen hatte, kommt auf sie zu. Er nimmt sie in den Arm und trägt sie hinein ins kalte Meer.

Zunächst klammert sie sich an ihn. Dann lacht er sie an und sagt: „Du kannst selbständig gehen." Er lässt sie los. Ambrosia erschrickt und glaubt unterzugehen. Doch wirklich, sie kann ihr Bein wieder bewegen. Verwirrt, gerührt und glücklich wacht sie auf.

Prolog II

Franziska nimmt fasziniert die Ansichtskarte in die Hand und betrachtet das Bild genau:
Ein kleiner Strand mit hellem Sand von einem Felsen begrenzt. In die Felsen hinein sind kleine Tavernen gebaut. Der Himmel ist strahlend blau, darunter das blau-glitzernde Meer. Die Tavernen laden zum Einkehren ein. Sie möchte jetzt gern in einer Taverne am Meer sitzen, die sommerliche Wärme spüren, die salzige Meeresluft riechen und das Rauschen des Meeres hören. Wo ist dieser Ort? Neugierig dreht sie die Ansichtskarte um und liest: Lentas/Kreta.

1. Teil: Sehnsucht

Franziska steigt aus dem Taxi. Sofort hat sie das vertraute Gefühl, wieder in Lentas angekommen zu sein. Der kleine Ort an der südlichen Spitze Kretas begrüßt sie mit strahlendem Sonnenschein, mit dem Duft der Kräuter gemischt mit dem salzigen Duft des Meeres, mit dem vertrauten Rauschen der Wellen, den strahlend weißen Häusern mit den blauen Fensterläden.

Sie hofft, dass Nicos auch schon in Lentas angekommen ist und sie ihn gleich hier beim Dorfplatz treffen kann. Sie sieht sich um. Eine Entenmutter treibt stolz ihre vier Entenküken über den Platz. Sie verschwinden hinter einem der parkenden Autos.

Ein paar Touristen und Kreter sitzen in den umliegenden Tavernen. Nicos ist nicht dabei.

Franziska nimmt ihre Reisetasche und geht die wenigen Stufen hinunter zum Meer. Am Strand und in den Tavernen direkt am Meer ist Nicos auch nicht zu sehen.

Enttäuscht blickt sie sich um. Sie hatte damit gerechnet, ihn gleich bei ihrer Ankunft treffen zu können. Doch es sind ja noch drei Tage bis Ostern, versucht sie sich zu trösten.

Franziska setzt sich in die Taverne am Meer, in der sie Nicos zum ersten Mal gesehen hat. Sie bestellt einen Orangensaft und versucht sich an dem herrlichen Blick auf das Meer zu freuen. Doch sie ist unruhig und blickt sich immer wieder um. Wo könnte Nicos sein? Sie freut sich schon voll Sehnsucht auf ihn und will ihn so bald wie möglich sehen.

Im Herbst letzten Jahres war sie nach Kreta gefahren, um sich abzulenken und um von zu Hause wegzukommen. Sie wollte dem Ende ihrer zehnjährigen Ehe entkommen und Zeit für sich haben. Eine Postkarte, geschickt von einer Freundin, hatte sie auf Lentas aufmerksam gemacht.

Erschöpft von Streitigkeiten mit ihrem Ehemann Thomas war sie dort angekommen. Der ruhige Ort und das Laufen durch die herrliche Landschaft taten ihr gut, die Bewohner nahmen sie freundlich auf. Sie begann sich zu entspannen. Nach ein paar Tagen saß sie wieder einmal in einer Taverne am Strand und genoss den Blick aufs Meer, die Wärme, die Ruhe.

Nie hätte sie damit gerechnet, dass sie sich verlieben würde.

Doch dann traf sie den jungen Kreter, Nicos.

Hier in dieser Taverne saß ich und spürte, wie die Schwere, die Traurigkeit, die ich aus Deutschland mitgebracht hatte, sich immer mehr auflöste. Der Blick auf das Meer und den Strand mit den Felsen, auf den tiefblauen Himmel, das Spüren der intensiven Wärme der Sonne, all dies hatte eine so wohltuende Wirkung auf mich.

Ich merkte, dass ich es zulassen konnte, mich zu entspannen. Ich setzte mich so, dass ich die Sonne auf meiner Haut fühlen konnte, und schloss die Augen. Das gleichmäßige Rauschen des Meeres schläferte mich ein, so dass ich fast eingeschlafen war. Als ich die Augen öffnete, wusste ich zuerst nicht genau, ob ich wirklich wach war oder noch träumte. An dem Tisch mir gegenüber saß ein griechischer Mann, der unheimlich gut aussah. Er hatte eine männlich-schlanke Figur, dunkles Haar, dunkle Augen und ein strahlendes Lächeln. Ich ertappte mich bei dem Wunsch, von ihm angesprochen zu werden. Ich spürte seinen Blick auf mich gerichtet. Ich musste immer wieder zu ihm hinsehen. Ich fühlte ein aufgeregtes Kribbeln im Bauch, ein Gefühl, das ich so lange nicht mehr erlebt hatte.

„Ist es hier nicht wunderschön?" Mit diesen Worten kam er an meinen Tisch. „Darf ich mich zu dir setzen?", fragte er mich. Ich konnte nicht anders, ich lächelte ihn einladend an und freute mich, dass er sich zu mir setzte. Er wollte wissen, ob ich aus Deutschland käme. Viele Besucher von Lentas kämen von dort. Er erzählte mir, dass er in Berlin Medizin studiert habe. Er sprach perfekt deutsch.

Er fragte mich nach meinem Namen und fand, dass Franziska ein sehr schöner Name sei, der gut zu mir passen würde.

Er blickte mir tief in die Augen, während er mir erzählte, wie schön er Lentas und seine Umgebung fände.

Ich erwiderte seinen Blick und sah in seine dunklen Augen. Sie strahlten mich voll Wärme und Zärtlichkeit an. Ich merkte, dass mein Herz aufgeregt klopfte. Ich konnte mich kaum auf seine Erzählungen über die Schönheit der Landschaft konzentrieren.

„Deine Augen strahlen so, wenn sie mich ansehen. Sie strahlen wie die Sonne in Lentas."

Seine netten Worte verwirrten mich und belebten mich zugleich. Lange hatte mir kein Mann mehr Komplimente gemacht.

Ich fühlte mich in seiner Gegenwart sofort wohl.

Er wollte mir den Strand zeigen und lud mich ein, abends einen Spaziergang am Meer mit ihm zu unternehmen.

Unsere Begegnung kam mir so unwirklich vor. Und ich verhielt mich auch ganz anders als ich es von mir gewohnt war. Obwohl ich Nicos gerade erst kennen gelernt hatte, sagte ich zu.

-2-

Franziska wacht aus ihren Erinnerungen auf, als die alte Frau, der die Taverne gehört, ihr den Orangensaft bringt und ein paar Nüsse dazustellt. „Wetter heute gut", sagt die Frau.

Franziska nickt und bedankt sich für die Aufmerksamkeit.

Sie spürt die Sonnenstrahlen auf ihrer Haut, sieht, wie die Sonne das Meer zum Glitzern bringt. Doch Franziska kann sich im Moment nicht so recht über diesen wunderschönen Anblick freuen.

Wie sehr hatte sie sich an den kalten Wintertagen nach Lentas, seiner Schönheit und Wärme und nach einer neuen Begegnung mit Nicos gesehnt. Sie hatte die Postkarte, die sie nach Lentas gelockt hatte, auf ihren Schreibtisch gestellt. Das Bild hatte ihr viel Kraft gegeben und die Vorstellung, am Ende des Winters nach Lentas zu fahren, erfüllte sie jeden Tag mit Freude.

Ostern wollten sie sich wieder treffen. Das hatten Nicos und sie zum Abschied vereinbart.

Sie trinkt einen Schluck Saft und isst ein paar Nüsse. Sie versucht sich Nicos vorzustellen. Wie schön wäre es, wenn er jetzt die Stufen zum Meer herunterkäme, sie mit seinen strahlenden Augen anlachen würde, sie in den Arm nehmen und küssen würde.

Die kurze, leidenschaftliche Begegnung mit Nicos im letzten Jahr war für Franziska zu einem Wendepunkt in ihrem Leben geworden. Sie hatte vorher nicht geahnt, dass sie einen Mann auf diese Weise lieben und begehren könnte.

Seither hat sie sich verändert. Würde Nicos ihre Veränderung bemerken? Wie würde sie diesmal auf ihn wirken? Hatte er sich in der Zwischenzeit auch verändert? Franziska merkt, dass seine Abwesenheit in ihr viele Fragen und eine quälende Unruhe auslöst.

Sie ist sich so sicher gewesen, Nicos hier in Lentas wiederzutreffen.

Das kann kein Irrtum sein, sagt sie zu sich.

Sie kann jetzt hier nicht ruhig sitzen. Sie will wissen, wo Nicos ist. Sie steht auf, bezahlt und geht zu ihrem Appartement.

-3-

Auf dem Weg durch die schmalen Gassen von Lentas spürt Franziska ein aufgeregtes Herzklopfen. Würde er vielleicht beim Appartement auf sie warten? Die Sehnsucht brennt wie ein schmerzender Funke in ihr. Doch vor dem Appartement steht niemand, der Schlüssel steckt außen. Sie öffnet und sieht sich um. Auf dem Tisch stehen eine Flasche Wein und ein paar Früchte, ein Gruß von dem Vermieter. Sonst nichts, niemand ist da, auch kein Brief, kein Hinweis von Nicos. Plötzlich spürt Franziska, wie müde sie ist. Sie legt sich ins Bett und ruht sich aus. Der Wind spielt mit den Vorhängen vor dem Fenster. Beim Hören des Rauschens des Meeres erinnert sie sich wieder an Nicos.

Ich konnte es kaum abwarten, Nicos wiederzusehen. Das aufgeregte Kribbeln im Bauch wurde immer stärker. Ich konnte nicht mehr ruhig sitzen. Ich tanzte durch mein Zimmer in Gedanken an ihn. Ich probierte alle meine Kleider und Röcke an und plötzlich schien nichts schön genug zu sein für mein Treffen mit ihm. Mein Herz klopfte. Ich nahm mir Zeit zum Duschen, zum Kämmen, zum Schminken. Ich sang vor mich hin. Obwohl ich ihn nur kurz gesehen hatte, freute ich mich schon so auf den Abend. Mit dem aufgeregten Kribbeln verband sich ein leichtes und fröhliches Gefühl in mir, das ich lange nicht mehr erlebt hatte.

Wie vereinbart, trafen wir uns abends wieder bei der Taverne am Meer. Wir gingen zusammen am Strand entlang. Es war schon dunkel. Nicos zeigte mir den Mond, der als dunkelrote Kugel über dem Meer aufstieg. Über uns leuchteten die Sterne so intensiv, wie ich sie in Deutschland nie gesehen habe. Ich war bezaubert von dieser besonderen Stimmung. Nicos nahm meine Hand. Ich hörte das Rauschen des Meeres, der Wind verfing sich in meinen Haaren. Er strich mir die Haare zurück und küsste mich zärtlich. Und diese zärtliche Geste, dieser zärtliche Kuss verstärkten noch meine Gefühle für ihn.

An diesem Abend überließ ich mich einfach dem, was ich fühlte und wollte. So etwas hatte ich vorher noch nie gewagt.

Wir erreichten einen einsamen Strand. Ohne viele Worte zogen wir uns aus. Ich fühlte, dass Nicos sich das Gleiche wünschte wie ich.

Wir gingen zusammen nackt ins Meer. Das Wasser war angenehm warm.

Wir schwammen hinein in die Lichtstrahlen des Mondes, die sich im Meer spiegelten. Nicos schwamm zu mir heran, umarmte und küsste mich. Ich fühlte mich so glücklich, wie schon lange nicht mehr. Langsam schwammen wir wieder zurück. Aus dem Meer kommend fror ich plötzlich sehr. Doch als wir uns am Strand gegenseitig abtrockneten und uns nackt umarmten, wurde mir ganz warm. Wir beide waren erregt und voll Lust.

Ich fühlte eine tiefe Übereinstimmung zwischen uns.

Er war kein Fremder mehr für mich, sein Körper fühlte sich schon vertraut an.

Und so war es ganz natürlich, dass Nicos mit mir in mein Zimmer kam.

Nicos nahm mich in seine Arme und legte mich aufs Bett. Er bedeckte meinen Körper mit Küssen. Er legte sich zu mir und streichelte und küsste mich immer intensiver voll Verlangen. „Darf ich mit dir schlafen?", frage er mich?

Ich spürte, wie ich ihn begehrte und nickte.

Er liebte mich heiß und leidenschaftlich. Ich wurde überwältigt von meinen Gefühlen. Ich hatte noch nie so einen heftigen Orgasmus erlebt. Auch Nicos stöhnte laut vor Lust. Fast verwirrt über dieses intensive Erlebnis drückten wir uns aneinander. Es war, als ob unsere Körper sich schon kannten, obwohl wir uns gerade erst kennen gelernt hatten. Ich konnte mich so leicht auf ihn einlassen, wie ich es sonst noch nicht bei einem Mann erlebt hatte.

Über dem Bett hing ein Kreuz. Es erinnerte mich an die Moral und die Verbote der christlichen Kirche. Ich war immer noch mit Thomas verheiratet und liebte hier heiß und leidenschaftlich einen anderen Mann.

Erwachend aus dem Taumel der Lust, fragte ich mich, ob ich das so leben dürfte.
In den Armen von Nicos fühlte ich mich geliebt, geborgen und begehrt. So war es für mich leicht, auf diese Frage für mich eine Antwort zu finden. Ich dachte, dass so etwas Schönes nicht falsch sein könnte, dass es für mich im Moment ganz richtig war, was ich tat.

Franziska blickt auf. Alles sieht hier genauso aus wie letztes Jahr im Herbst.

Das Kreuz, die Fotos vom Strand über dem Bett, die Stühle und der kleine Tisch. Doch jetzt, da sie allein ist, wirkt der Zauber, den sie in der Erinnerung an dieses Zimmer empfunden hat, nicht mehr. Sie atmet tief durch. Sie kann sich noch so gut an das glückliche Gefühl erinnern. Doch jetzt fühlt sie wieder die Enttäuschung. Warum ist Nicos noch nicht hier?

Bei ihrer Begegnung im Herbst hatten sie nicht viel Zeit füreinander gehabt. Zwei außergewöhnliche Tage und Nächte hatte sie mit Nicos erlebt. Dann musste sie wieder abreisen.

Am letzten Tag trafen wir uns bei der Ruine des Heiligtums des Asklepios. Nicos saß an der gleichen Stelle, an der ich selbst so gern saß, und blickte aufs Meer.
Er hatte dasselbe kleine Heftchen, geschrieben von Arn Strohmeyer dabei, das ich mir in einem kleinen Lebensmittelladen am Dorfplatz gekauft hatte. Es

enthält Informationen über Lentas, über die Heilungen des Asklepios und die Kultstätte.

Als Nicos mich sah, strahlten seine Augen. Er umarmte und küsste mich zärtlich. Dann las er mir aus dem Heft eine Beschreibung über Lentas vor, die aus einem Kreta-Reiseführer aus dem Jahr 1969 stammte: „Über seiner heilkräftigen Quelle bestand ein Asklepios-Heiligtum, das viele Menschen auch von weither anzuziehen vermochte. Auch heute besucht man diese Quelle noch, sogar vom griechischen Festland aus." Nicos fand es schade, dass der Brunnen beim Heiligtum stillgelegt worden war, da man die Leitung weiter nach unten verlegt hatte. „Schön wäre es doch, hier wieder das Heilwasser trinken zu können. Aber ich habe vorgesorgt." Er holte seine Wasserflasche hervor. „Ich habe sie mit dem Quellwasser gefüllt. Trink mal." Das Wasser schmeckte besonders gut. Ob es daran lag, dass es Heilwasser war oder dass Nicos es für mich abgefüllt hatte, konnte ich nicht unterscheiden. Zusammen gingen wir weiter. Plötzlich bückte sich Nicos und zeigte mir eine Tonscherbe, auf der ein Schriftzeichen zu sehen war. „Was meinst du, ob das ein altes Stück ist?", fragte er mich. Ich bückte mich auch und fand ein zweites Stück. Wir legten die Tonscherben nebeneinander. Die Schriftzeichen passten zusammen.

Ich war sehr aufgeregt. Ich hatte das Gefühl, etwas Besonderes gefunden zu haben. „Ich glaube, die Schriftzeichen bedeuten etwas", antwortete ich.

Nicos nickte. Er nahm eine Tonscherbe und drückte mir die andere in die Hand. „Nimm diese hier mit als Zeichen unserer Verbundenheit!"

Ich war etwas unsicher, ob wir die Tonscherben einfach so mitnehmen könnten. Sie schienen wirklich alt und wertvoll zu sein. Ich blickte mich um, niemand schien in der Nähe zu sein. Weiter oben am Hang stand ein älterer Mann zusammen mit einem anderen Griechen mittleren Alters. Aber sie reagierten nicht. Mit klopfenden Herzen steckte ich die Tonscherbe ein. Es war schön, so etwas Verbindendes bei mir zu haben.

„Nächstes Jahr Ostern treffen wir uns hier wieder und dann bringen wir die Tonscherben zurück zu diesem besonderen Platz", sagte Nicos zum Abschied. „So haben wir immer eine besondere Erinnerung an Lentas und an unsere Liebe."

Dann brachte er mich zurück zu meinem Appartement und wartete dort mit mir auf mein Taxi.

Als das Taxi kam, küssten wir uns noch lange, ich fühlte, dass wir uns gar nicht trennen wollten. Wir tauschten keine Adressen oder Telefonnummern aus. Dies schien nicht nötig zu sein. Ich war mir in seinen Armen so sicher, dass wir uns wiedersehen würden.

-4-

Der Gott Asklepios geht mit der Göttin Hygieia am Strand von Lentas spazieren.

Er sieht zu seinem ehemaligen Heiligtum. Es wurde zerstört, ein paar Trümmer liegen noch da. Eine frühchristliche Basilika wurde errichtet mit Hilfe von antiken Bauteilen aus dem Heiligtum. Diese Bauteile sind auch noch bei der jetzigen Johannes-Kapelle zu sehen. „Ich kann diesen Anblick immer noch nicht gut ertragen", seufzt er. „Ich weiß, ich sollte es den Menschen überlassen, welchen Gott sie sich aussuchen, doch es war schon gut, zu erleben, wie die Menschen sich mit meiner Hilfe selbst helfen konnten. Jetzt ist dieses Wissen weitgehend verloren gegangen. "

Hygieia tröstet ihren Vater: „Es werden wieder Menschen nach Lentas kommen, die sich an deine Heilkunst erinnern, denn hier ist ein guter Ort für Heilung und für das Schöpfen neuer Kräfte. Das werden die Menschen immer wieder fühlen. Du weißt ja, deine Kraft wirkt immer, auch wenn dein Heiligtum zerstört wurde."

„Aber schade ist es schon, dass ich für die Kreter und Urlauber hier in Lentas keine Rolle mehr spiele. Manche besichtigen noch die Trümmer, aber sie verstehen nicht, was hier einmal war."

„Es gibt immer noch Menschen, die sich an deine Heilkunst erinnern, Menschen, die bewusst aus der Quelle von Lentas das Heilwasser trinken. Und bald werden sich wieder Menschen an dich wenden und dich um einen Traum bitten. Dann wirst du an ein paar Menschen eine Botschaft schicken und bald, bald werden wieder viele an dich denken, denn die Menschen brauchen dich."

Asklepios nimmt seine Tochter gerührt in den Arm. Ein Wind kommt auf, er spürt, dass sie wieder einmal in die Zukunft gesehen hat und er ist ihr sehr dankbar.

-5-

Der Wärter des Heiligtums, Michaelis, schreckt aus einem Traum auf. Er sieht im Traum Asklepios, der zu ihm spricht: „Such nach den Tonscherben!"
Die Tonscherben, immer wieder hat er nach ihnen gesucht, nachdem sie verschwunden waren, doch was bedeutet jetzt der Traum?
Noch nie war ihm Asklepios im Traum erschienen, obwohl er sich als Wärter mit der Asklepios-Kultur schon lange beschäftigt hat. Er hält das für ein besonderes Zeichen. Er erinnert sich an den letzten Herbst:
Er hatte die Steine, die Äste und den Schutt weggeräumt, der sich nach dem letzten starken Wind im Heiligtum angesammelt hatte. Ein größerer Stein war aus einer Mauer gefallen und dahinter hatte er einen Freiraum entdeckt, in dem viele Steine und einige Tonscherben lagen. Interessiert nahm er die Tonscherben heraus und betrachtete sie. Auf zwei Tonscherben konnte er Schriftzeichen entdecken. Er hielt sie gegen das Licht. Auf der einen Scherbe konnte er das Wort „Theos" (Gott) lesen. Daneben erkannte er die Anfangsbuchstaben des Wortes „Asklepios". Auf

der anderen Scherbe waren auch Schriftzeichen. Sie könnten zur ersten Scherbe passen. Aufgeregt legte er die Scherben nebeneinander. Ja, sie passten zusammen. Er konnte die Worte „Theos Asklepios" deutlich auf den Scherben erkennen. Doch darunter waren noch weitere Schriftzeichen in den Ton gebrannt. Könnte das „efcharistó" (danke) heißen? Er war sich nicht sicher. Er wollte seine Brille aufsetzen, um sie genauer zu untersuchen. Er suchte nach seiner Brille, hatte sie jedoch nicht dabei. Er vermutete, dass er seine Brille oben im Auto liegen gelassen hatte. So tat er etwas, was er später bitter bereute. Er legte die Scherben auf den Boden und ging hoch zur Straße. Auch im Auto fand er seine Brille nicht. Er sah, wie sein Freund Dimitris aus der nahegelegenen Kapelle kam. Vertrauensvoll wandte er sich an ihn: „Könntest du mir dabei helfen, Schriftzeichen zu lesen? Ich habe meine Brille vergessen, aber wenn ich mich nicht täusche, habe ich eine Tonscherbe mit einer Danksagung an Asklepios gefunden."

Dimitris folgte ihm. Michaelis ging eilig zu der Stelle, an der er die Tonscherben abgelegt hatte und bückte sich. Er wühlte aufgeregt und hektisch zwischen den Tonscherben am Boden. „Verdammt, da lagen doch gerade noch die Tonscherben mit den Schriftzeichen", fluchte er. Erregt suchte er weiter. Dimitris sah ihm belustigt zu. Michaelis hielt die dort herum liegenden Tonscherben ans Licht und suchte sie nach

Schriftzeichen ab. Doch die Tonscherben mit den Schriftzeichen waren verschwunden.

Immer wieder denkt Michaelis an die Tonscherben. Er kann sich mit ihrem Verschwinden nicht abfinden. Doch langsam hat er schon die Hoffnung aufgegeben, sie wiederzufinden. „Wie kommt es, dass ich ausgerechnet jetzt von ihnen träume?", fragt er sich. Irgendetwas will er tun. Er geht hoch zum Heiligtum und denkt nach. Er erinnert sich an Paul, einen deutschen Freund von ihm, der sich sehr für die Asklepios-Kultur interessiert, den will er anrufen und von seinem Traum berichten.

-6-

Anfang des 20. Jahrhunderts kommt eine Gruppe von Archäologen in die Bucht bei Lentas.

Sie reiten hierher, weil sie von der bedeutenden Tempelanlage gehört haben. Es gibt keinen Ort mehr. Das alte Heiligtum ist dem Zerfall preisgegeben. Die Archäologen beginnen zu graben. Besonderes Interesse haben sie daran, die Schatzkammer zu finden. Sie entdecken ein Mosaik, das ein besonderes Meereswesen darstellt, ein Hippokamp. Das Symbol verbindet durch die Verknüpfung eines Pferdes mit einem Meerestier die beiden Elemente, Wasser und Erde. Unter diesem Mosaik vermuten sie den Eingang zur Schatzkammer. Sie sehen, dass der obere Teil des Mosaiks durch zwei Einschnitte zerstört ist. So müssen sie befürchten, dass die Schatzkammer schon vor ihnen entdeckt wurde. In einem der Einschnitte finden sie ein Marmorfragment mit einer Weihinschrift. Auf ihr steht, dass die Gortynier die Schatzkammer dem Asklepios gestiftet haben. Darunter entdecken die Archäologen die runde, steinerne Öffnung, die zur Schatzkammer hinunterführt. Doch die Schatzkammer ist leer. Sie ist ausgeraubt worden.

-7-

Franziska geht durch Lentas. Der Weg führt sie an weißen Häusern, umrankt von Blumen mit lilafarbenen Blüten vorbei, weiter an einer Wiese mit gelben Frühlingsblumen entlang und hinauf zur Ruine des Asklepios-Heiligtums.

Sie geht an den Trümmerresten vorbei und setzt sich auf einen Stein in der Nähe des überdachten Platzes mit dem Mosaik. Hier hat sie sich an ihrem letzten Tag mit Nicos getroffen. Franziska blickt über den gelben Teppich der Blumenwiese hinunter auf das Meer. Es ist ganz still hier.

Franziska fühlt die Tonscherbe, die sie von hier mitgenommen hatte, in ihrer Hosentasche.

Sie trägt die Scherbe seither immer bei sich. Sie wirkt wie ein Glückssymbol auf Franziska. Die Scherbe erinnert sie an die besondere Zeit mit Nicos. Wie oft hat sie die Scherbe seit ihrer Rückkehr aus Lentas in die Hand genommen, an Lentas und ihre Begegnung mit Nicos gedacht und sich sehnsüchtig auf ihn gefreut. Während sie die Scherbe in der Hand hielt, schien ein Zauber von dieser auszugehen. Sofort breitete sich jedes Mal wieder dieses Gefühl der glücklichen Verliebtheit in ihr aus.

Auch jetzt nimmt sie wieder die Scherbe in die Hand. Das vertraute glückliche Gefühl ist sofort da. Sie atmet tief. Es ist nicht leicht, diese Verliebtheit zu fühlen und auf Nicos warten zu müssen. Sie denkt, hier wäre doch der richtige Ort, um ihr Wiedersehen zu feiern, denn hierher wollten sie die Tonscherben wieder zurückbringen.

Sie erinnert sich an Nicos zärtliche Worte:

„Nächstes Jahr Ostern treffen wir uns hier wieder und dann bringen wir die Tonscherben zurück zu diesem besonderen Platz. So haben wir immer eine besondere Erinnerung an Lentas und an unsere Liebe."

Franziska stellt sich vor, wie sie die Scherben wieder nebeneinander legen, als Zeichen ihrer Verbundenheit, und sie somit dem Heiligtum wieder zurückgeben.

Es war sehr berührend für Franziska, dass Nicos von ihrer gemeinsamen Liebe gesprochen hatte. Sie wünscht sich so sehr, dass Nicos Liebe den Winter genauso überstanden hat, wie ihre Liebe zu ihm.

Franziska hofft, dass er ganz bald kommt und sie von ihrer Sehnsucht erlöst.

Sie sieht sich um, doch er kommt nicht.

Es ist sehr ruhig hier, nur ein Touristenpaar geht herum und sieht sich die Reste des Heiligtums an. Der Mann fotografiert seine Frau zwischen den zwei noch stehenden Säulen. Franziska weiß, dass früher neben den Säulen zwei Statuen standen, eine mit einer Abbildung des Asklepios und eine andere mit der Abbildung von Hygieia, seiner Tochter.

Nicos hatte sie dazu angeregt, sich mehr mit der Asklepios-Kultur zu beschäftigen. Schon bei ihrer kurzen Begegnung beim Tempel erzählte er ihr über diese Kultur. Er machte sie auf die Herkunft des Asklepios-Stabs mit der Schlange aufmerksam, der immer noch als Erkennungssymbol für Ärzte gilt. Sie erinnerte sich an einen Satz von ihm, der sie lange beschäftigt hat: *„In Symbolen wirkt altes Wissen weiter und wird vor dem Untergang bewahrt.“* Nicos erzählte ihr, dass Asklepios in der Antike als Gott verehrt wurde, der den Menschen half, ihre Krankheiten loszuwerden. Von dem herrlichen Tempel, der hier einmal gestanden haben soll, ist nicht mehr viel zu sehen.

Nicht nur die Statuen sind verschwunden, das ganze Heiligtum ist zerstört und die Schatz-kammer war ausgeraubt worden.

Nicos hatte ihr erzählt, dass die frühen Christen das Heiligtum zerstört hatten, um die Menschen für den Glauben an Christus zu gewinnen. Sie erinnerte sich, dass Nicos meinte, dass Asklepios für die Menschen hier in der Antike ein wichtiger und nützlicher Gott gewesen war. Und deshalb habe der Asklepios-Kult auch eine starke Konkurrenz für den Glauben der Christen dargestellt. Nicos glaubte, dass es nicht leicht gewesen sein dürfte, die Kreter dazu zu bewegen, sich von diesem hilfreichen und heilenden Gott abzuwenden.

Hier vor der Schatzkammer hatte Nicos sich vorgestellt, welche Schätze wohl in der Schatzkammer gelegen haben mögen.
Doch nach seinen Betrachtungen über die Schätze des Asklepios kam er bald auf andere Schätze zu sprechen.

Franziska erinnert sich noch genau an seine Worte:

„Weißt du eigentlich, dass ich hier den größten aller Schätze gefunden habe – dich." Dann küsste er mich noch einmal lange und ich fühlte es auch so. Ich hatte einen wertvollen Schatz gefunden.

Nicos und Franziska hatten sich gegenseitig vor der Schatzkammer fotografiert. Und als Franziska das Foto von Nicos ausgedruckt hatte, schrieb sie unter das Foto: Schatzkammer und Schatz.
Doch jetzt war es schwer, vor der leeren Schatzkammer zu sitzen und Nicos nicht bei sich zu haben.

Getrieben von Sehnsucht steht Franziska auf. Sie geht hinüber zur kleinen Johannes-Kapelle. Nicos hatte ihr gezeigt, dass Säulen und Marmorstücke aus dem Asklepios-Heiligtum in die Mauer der Kapelle eingebaut worden waren.

Die Tür steht einladend auf, ein älterer Mann ordnet am Altar Blumen. Sie hat das Gefühl, den Mann schon einmal gesehen zu haben, aber sie weiß nicht mehr, wo. Der Mann blickt sie an, scheint sie aber auch nicht zu erkennen, denn er geht schnell aus der Kapelle hinaus. Franziska zündet eine Kerze an und wünscht sich von Herzen, Nicos wiederzusehen.

-8-

Dimitris kniet in der Johannes-Kapelle nieder. Er hat alles für die Messe hergerichtet und wartet auf den Priester. Dimitris ist aufgewühlt. Die Frau, die in die Kapelle kam, die hatte er letztes Jahr gesehen. Er hat ihre schwarzen Locken, ihre weibliche Figur, ihren intensiven Blick aus den dunklen Augen sofort wiedererkannt. Er hat sie mit einem Kreter am Strand gesehen und auch im Heiligtum, genau an der Stelle, an der die Tonscherben verschwunden sind, die Michaelis sucht. Doch von der Frau hatte er Michaelis aus gutem Grund nie etwas erzählt. Dimitris betet:

„Herr, ich habe diese Frau wiedergesehen, deren Anblick mich erregte, Herr, ich werde Buße tun, Herr, ich glaube, dass sie und dieser Mann die

Tonscherben mitgenommen haben. Herr, ich dachte, damit wäre die Gefahr vorbei, dass sie dir schaden können. Doch was bedeutet es, dass die Frau jetzt zurückgekehrt ist. Sag mir, Herr, ist das eine Aufgabe für mich? Vielleicht kommt auch noch der Mann, mit dem sie gesündigt hat. Herr, wenn du willst, werde ich in deinem Namen dafür sorgen, dass sie kein Unheil anrichten können. Herr, gib mir die Kraft, dein Diener sein zu können, Amen!"

Der Priester kommt und begrüßt Dimitris. Nur wenige Menschen finden sich zur Abendandacht ein. Dimitris bemerkt, dass er unruhig wird. Er kann sich kaum auf die Andacht konzentrieren. Trotz des Gebetes an Gott fühlt er sich unwohl und durcheinander. Er merkt, dass die Ankunft der Frau etwas in ihm verändert hat. Schweiß läuft ihm von der Stirn. Wilde Gedanken gehen durch seinen Kopf:

Ist diese Frau noch im Besitz der Tonscherben? Kann es sein, dass sie die Tonscherben wieder mitgebracht hat und die Inschrift der Tonscherben doch bekannt machen will? An wen könnte sie sich wenden? Könnte sie dem Wärter der Kultstätte, Michaelis, etwas von den Tonscherben erzählen? Wie kann das verhindert werden?

Er erschrickt bei dem Gedanken, dass die Asklepios-Kultur wiederbelebt werden könnte. Es gibt genug Spinner, die alle möglichen Heilslehren glauben. Bisher schien es, als ob mit der Zerstörung des Heiligtums auch alle Hinweise auf das Wirken und die wundersamen Heilungen des Asklepios verschwunden seien.

Dieser angebliche Gott sollte Kranke durch sein Erscheinen im Traum geheilt haben. Solche Überlieferungen sind für Dimitris Aberglaube und gehören zerstört. In seinem Glauben ist nur Jesus der wahre Heiland und Gottessohn. Dieser Glaube muss vor dem Aberglauben geschützt werden.

Dimitris ist unsicher, was er tun soll. Er könnte die Frau beobachten, um herauszufinden, was sie plant. Doch gleichzeitig beunruhigt ihn das, was diese Frau bei ihm im letzten Herbst ausgelöst hatte. Er hatte sie mit einem Mann zusammen am Strand gesehen und so sehr er sich bemüht hatte, er konnte nicht wegsehen. Es ging so etwas wie eine magische Anziehung von diesem Paar aus. Das war das Böse: diese sündigende Liebe. Das Schlimmste dabei war, dass der Anblick dieses Paars ihn erregt hatte. Solche Gefühle darf er nicht bei sich zulassen.

Er fragt sich, wie er die Frau beobachten und gleichzeitig ruhig und gelassen bleiben könnte. Wieder schwitzt er stark. Es scheint so, als würde dies die Aufgabe sein, die Gott von ihm verlangt und er fürchtet, dass sie nicht leicht werden wird. Dimitris bittet Gott, ihm ein Zeichen zu geben, was er tun soll.

Dimitris geht belastet von all den beun-
ruhigenden Gedanken aus der Kapelle. Für heute
hat er seine Aufgaben erfüllt. Er beschließt in der
Taverne noch ein Glas zu trinken. Es wird
langsam dunkel, die Sonne verschwindet hinter
dem Löwenfelsen und der Strand taucht in das
sanfte Licht der Dämmerung.
Michaelis, der Wärter der Kultstätte, setzt sich zu
ihm. Dimitris und Michaelis treffen sich oft, da
die Kultstätte und die Kapelle so nahe
beieinander liegen. Michaelis ist gläubig wie er.
Gleichzeitig ist Michaelis fasziniert von der
Asklepios-Kultur. Dies stört Dimitris sehr und
häufig streiten sie darüber. Trotzdem ist
Michaelis sein Freund. Er mag seine warme und
herzliche Art. Heute berichtet Michaelis ihm
aufgeregt Neuigkeiten: „Erinnerst du dich an die
Tonscherben, die verschwunden sind? Du warst
damals ja in der Nähe. In den nächsten Tagen
kommt Besuch: ein Freund von mir aus
Deutschland, Paul, mit seinem Freund Klaus. Sie
wollen mir helfen, das Rätsel um die
Tonscherben zu lösen." Dimitris lächelt vor sich
hin. Er weiß mehr als Michaelis. Er hat diese Frau
gesehen und er ist sich ziemlich sicher, dass sie es
war, die letztes Jahr zusammen mit einem Mann
die Tonscherben mitgenommen hat. Es scheint so
zu sein, als hätte ihm Gott ein Zeichen gesendet.

Er beschließt wachsam zu sein und zu verfolgen, was diese Frau vorhat.

Jedoch sein Freund Michaelis soll lieber nicht wissen, dass er eine eigene Vermutung hat, wo die Tonscherben zu finden sind. Dimitris prostet Michaelis zu. „Ich wusste gar nicht, dass du immer noch die Tonscherben suchst. Na, da bin ich ja mal gespannt, ob diese Deutschen etwas finden."

-10-

Die Rückkehr nach Deutschland im Herbst war für Franziska anstrengend und traurig gewesen. Als das Flugzeug landete, war es kalt und regnerisch.

Sie fror und sehnte sich nach der sonnigen Wärme und nach der erlebten Liebe.

Während viele Mitreisende stürmisch bei der Ankunft begrüßt wurden, holte sie niemand ab. Nach der innigen Wärme und dem Zusammensein mit Nicos fühlte sie sich jetzt einsam und traurig. Sie nahm ein Taxi zu ihrer Wohnung. Doch dort ging es ihr auch nicht besser. Die Wohnung war halb leer und wirkte wie verwüstet. Die Zeit, in der sie in Kreta war, hatte ihr Mann genutzt, um alles auszuräumen, was er gebrauchen konnte. Der Anblick der Wohnung erinnerte Franziska an das Chaos ihrer Ehe.

Thomas war als ihr Beschützer in ihr Leben gekommen. Sie hatte noch studiert. Er hatte schon gearbeitet. Er bot ihr ein Heim, nach dem sie sich sehnte, da ihr Leben vorher sehr unruhig und unstet gewesen war. Seine Stärke und männliche Dominanz zogen sie an, genauso wie seine Entschlossenheit und Zielstrebigkeit.

In dieser Zeit wusste sie noch nicht so recht, was sie wollte. Erst allmählich merkte sie, dass er das ausnutzte.

Anfangs war es für sie leicht gewesen, mit Thomas Nähe und Sexualität zu erleben. Sie fand die Nächte mit ihm zwar nie außergewöhnlich aufregend, aber er war zärtlich zu ihr und nahm sich Zeit, sie auch zu erregen. Doch mit der Zeit wurden seine sexuellen Wünsche immer ausgefallener. Waren sie gerade noch zärtlich miteinander, setzte er sich plötzlich auf sie, hielt ihre Hände fest und sagte: „Jetzt entkommst du mir nicht." Solche Worte erregten ihn. Er drückte ihren Kopf nach unten und wollte mit ihr Sex haben in Stellungen, die für sie unangenehm waren. Sie wollte keine sexuellen Wünsche erfüllen, die nicht zu ihren Vorstellungen von Sex und Erotik passten. Sie wollte sich nicht so von ihm beherrschen lassen.

Nicht nur seinen sexuellen Neigungen sollte sie sich beugen, Thomas wollte ihr gemeinsames Leben nach seinen Vorstellungen gestalten.

Wie oft hatten sie erst gestritten und dann hatte er sie angeschwiegen.

Manchmal hatte er wochenlang nicht mehr mit ihr gesprochen.

Irgendwann hatte sie es so satt. Es ging nicht mehr.

In der Kälte der Wohnung spürte sie den Impuls, sich kraftlos und traurig hinzulegen.

Wie oft hatte sie das am Ende ihrer Ehe getan: Einfach geschlafen, auch tagsüber, um nichts mehr fühlen und erleiden zu müssen.

Doch die Begegnung mit Nicos hatte ihr neue Kraft und Energie gegeben und so riss sie sich zusammen. Sie nahm die Tonscherbe in die Hand. Und die Erinnerung half ihr, die glücklichen Gefühle wieder hochkommen zu lassen. Das tat ihr gut.

Sie wusste, dass sie nicht mehr in der Wohnung bleiben konnte. Hier hatte sie sich gegenüber ihrem Mann Thomas zu oft schwach gefühlt.

Sie war hier in der letzten Zeit ihrer Ehe zu einer Frau geworden, die sich selbst nicht mehr leiden konnte. Sie vermochte dies an der Seite ihres Mannes nicht zu ändern. Sie war unzufrieden, kraftlos, ohne Spaß an der Lust, an der Sexualität. Sie war zu einer Frau ohne Lebensfreude geworden.

Jetzt wollte Franziska wieder zu der Frau werden, die sich selbst annehmen kann: glücklich, lebensfroh, weiblich, sinnlich – und sie glaubte, dass die Erinnerung an Nicos und Lentas ihr dabei helfen könnte.

Franziska rief bei einer Freundin an und bat sie, ob sie eine Zeitlang bei ihr wohnen könnte, bis sie eine eigene Wohnung gefunden hätte.

Als sie die Wohnungstür hinter sich schloss, fühlte sie sich befreit.

-11-

Wer ist Asklepios? Das fragte sich Franziska immer wieder in der schwierigen Zeit in Deutschland. Allein in ihrer neuen kleinen Wohnung, die sie sich mittlerweile eingerichtet hatte, sehnte sie sich oft nach Nicos. Sie überlegte, was er ihr mit seinem Hinweis auf die Heilkunst des Asklepios und die Zerstörung der Heilstätte durch die Christen mitteilen wollte.

Sie nahm wieder die Tonscherbe in die Hand, diesmal nicht nur, um sich an das glückliche Gefühl zu erinnern, sondern auch, um die Zeichen zu betrachten.

Sie verglich die Schriftzeichen mit einer Tabelle griechischer Buchstaben.

Sie holte sich eine Lupe, um genauer sehen zu können. Es gelang ihr die ersten Buchstaben zu entziffern. Sie konnte die griechischen Buchstaben für das Wort „Theo" (Gott) lesen und daneben erkannte sie die Anfangsbuchstaben des Wortes „Asklepios". Aufgeregt verglich sie weiter die Buchstaben mit ihrer Tabelle und fand heraus, welche Buchstaben darunter standen. Es waren die griechischen Anfangsbuchstaben des Wortes „efcharistó" (danke). Dieses Wort hatte sie in Griechenland oft gehört und gesagt.

39

Auf der zweiten Scherbe müssten dann die fehlenden Buchstaben eingebrannt sein.

Sie fand es aufregend, eine Scherbe mit einer so alten Inschrift in der Hand zu halten. Aber wichtiger erschien ihr die Funktion der Scherbe als ein besonderes Band ihrer Liebe. Es tat ihr gut daran zu denken, dass Nicos bei sich zu Hause die andere Scherbe, die Ergänzung der Botschaft hatte.

Doch wo war er zu Hause? Sie dachte daran, was anders gewesen wäre, wenn sie sich schreiben oder anrufen könnten. Dies war schon eine verlockende Vorstellung für Franziska. Doch in der Art, wie Nicos und sie sich verabschiedet und wieder verabredet hatten, lag für Franziska auch ein besonderer Zauber: Wenn es richtig und stimmig war, würden sie sich in Lentas wieder treffen.

Gleichzeitig hoffte sie, dass er ähnliche glückliche Gefühle fühlen könnte wie sie, wenn er seine Tonscherbe in die Hand nahm.

Franziska gefiel die Beschäftigung mit der Asklepios-Kultur sehr, denn die verband sie weiter mit Nicos und Lentas. Sie gab „Asklepios" im Internet ein und bei der Vielzahl der Eintragungen fiel ihr auf, wie viele Kliniken und Apotheken nach ihm benannt sind. Warum? War das eine Möglichkeit, sich an ihn zu erinnern, ihn zu ehren? War das einer der verborgenen Hinweise auf altes Wissen, von denen Nicos gesprochen hatte?

Als Lehrerin war sie gewohnt, erst einmal in Büchern nachzusehen. So bestellte sie sich verschiedene Bücher über diese antike Kultur und wunderte sich, dass sie über diesen Gott noch nie etwas gelesen hatte. Franziska fand es aufregend, Berichte darüber zu lesen, wie Asklepios und Hygieia geholfen haben, die Menschen zu heilen: Von weit her reisten die Menschen zu den Heiligtümern des Asklepios. Es gab mehrere in Griechenland. Epidauros hatte die Vorrangstellung unter ihnen. Aber auch das Heiligtum in Lentas war sehr bedeutsam. Diese Kultur hielt sich vom fünften Jahrhundert vor Christus bis zum fünften Jahrhundert nach Christus, also 1000 Jahre lang. Franziska wurde klar, dass diese Kultur damals einen großen Einfluss auf die Menschen gehabt haben musste. Die verzweifelten Kranken, die von anderen Ärzten abgewiesen oder nicht geheilt wurden, konnten bei Asklepios Hilfe finden. Sie beschäftigte sich damit, was in den Heiligtümern vor sich ging. Mit verschiedenen Zeremonien bereiteten sich die Menschen auf die Heilung vor. Dann geleiteten die Priester des Heiligtums sie in ihre Schlafgemächer. Viele Heilsuchende konnten dann von ihrer Heilung träumen. Asklepios erschien ihnen und gab ihnen einen Rat, wie sie sich selbst heilen konnten. Einfache Bäder konnten plötzlich das Wunder einer Heilung bewirken.

Sie las einen Hymnus an Asklepios, der ihr zeigte, wie wichtig er zu seiner Zeit war:

„Auf den Heiler der Krankheit Asklepios heb' ich mein Lied an, auf den Sohn Apollons; die hehre Koronis gebar ihn, König Phlegyas Tochter auf Dorions ebenen Fluren. Freudebringer den Menschen, Besänftiger schmerzender Übel. Heil also dir auch, Herrscher! Ich bete zu dir im Gesange."[1]

Sie fragte sich, warum einigen geholfen wurde und anderen nicht. Warum bewirkten bestimmte Rituale wie Bäder plötzlich eine Heilung, die vorher nicht möglich war? Ein persönliches Experiment half ihr für diese Frage eine mögliche Antwort zu finden.

-12-

Das Verhältnis zwischen Franziska und Thomas, ihrem Mann, war auch nach ihrer Trennung sehr anstrengend. Dazu trug bei, dass Thomas sie häufig anrief. Meistens bat er sie irgendetwas zu erledigen, was mit ihrer Trennung zusammenhing: Post umleiten, Geldgeschäfte neu regeln. Das meiste übernahm sie. Doch es wurden immer mehr Aufgaben, die sie allein regeln sollte und dazu hatte sie irgendwann keine Lust mehr.

---

[1] Siehe Krug, A. (84) Heilkunst und Heilkult, S.120

Eines Abends rief er sie an, um ihr mitzuteilen, dass er keine Zeit hätte, mit ihr die restlichen Möbel aus der gemeinsamen Wohnung zu tragen, die vom Sperrmüll abgeholt werden sollten. „Du weißt doch, wie viel ich zu tun habe, das kannst du doch mit einem deiner Freunde erledigen, sei nicht so egoistisch", sagte er am Telefon.

Franziska gab nicht nach, denn sie wollte es endlich schaffen, sich gegenüber Thomas durchzusetzen. Sie hielt seine Vorwürfe aus und bestand darauf, dass er mithelfen müsste. Doch nach dem Gespräch merkte sie, wie sich alles in ihr verspannte, ihr Rücken schmerzte. Sie fühlte sich schlecht und elend. Franziska erinnerte sich, wie oft sie nach einem Streit mit Thomas Rückenschmerzen erlitten hatte, doch jetzt wollte sie etwas dagegen unternehmen.

Sie ging in die Badewanne und dann ins Bett. Sie überlegte, wie sie sich helfen könnte, die Schmerzen wieder loszuwerden. Sie konnte einfach nicht einschlafen. Schließlich half ihr die Erinnerung an Nicos Zärtlichkeit, wie er sie berührt und umarmt hatte. Plötzlich hatte sie den Drang, sich selbst in den Arm zu nehmen. Sie legte ihre Hände unter ihre Achseln. So fühlte sie sich besser. Sie atmete tief und zählte ihren Atem. Nach einigen tiefen Atemzügen war sie eingeschlafen. Am nächsten Morgen waren die Rückenschmerzen verschwunden. Seitdem probierte sie dieses Ritual wieder aus, wenn der

Rücken zu schmerzen begann. Sie umarmte sich selbst, entspannte sich und atmete tief. Dann erlebte sie wieder, dass ihre Rückenschmerzen nachließen.

-13-

Meist hörte Franziska skeptische Bemerkungen, wenn sie Freunden oder Freundinnen von ihren Ideen berichtete, durch die Beschäftigung mit der Kultur des Asklepios auch Impulse für die Selbsthilfe bei Krankheiten gefunden zu haben.
So versuchte sie erst einmal für sich allein Klarheit zu bekommen.
Abends saß sie oft in ihrem Arbeitszimmer und schrieb Tagebuch. Sie hielt ihre Erinnerungen an die kurze Begegnung mit Nicos fest und sie schrieb ihre Gedanken zur Heilkunst des Asklepios auf:

Sei für deine Heilung offen, lade sie ein, tue dir selbst etwas Gutes. Dann wird es leichter möglich sein, dass die Heilung auch eintritt.

Sie schrieb weiter, um sich den Unterschied zwischen der Asklepios-Kultur und dem Christentum zu erklären.

Im Christentum sind nicht die Menschen selbst ihre „Heiler", sondern der Gottessohn und Heiland ist der Heiler und Erlöser. Wir können uns nicht selbst retten, sondern durch den Tod des Christus werden wir von der Erbschuld befreit. In diesem Glauben ist die Liebe zu Gott verbunden mit Abhängigkeit, Schuld und Vergebung der Schuld. Im Umgang mit Krankheiten hat diese Haltung dazu geführt, die Erkrankung als Schicksal anzunehmen oder sich einem Arzt anzuvertrauen, aber weniger, zu versuchen, sich selbst zu helfen, der eigenen Kraft zu vertrauen. Doch gerade dies habe ich in Lentas gelernt, mir selbst zu vertrauen. Vielleicht kann ich dabei von Asklepios noch vieles lernen.

Manchmal diskutierte sie mit Freunden über ihre neuen Erfahrungen. Eines Abends wurde sie gefragt: „Glaubst du nicht mehr an Jesus Christus, meinst du, wir können uns die Götter beliebig aussuchen?" Franziska antwortete, dass sie sich vorstellen könne, dass neben dem Christentum auch Ideen aus der Asklepios-Kultur in dem modernen Leben und in der Heilung von Krankheiten Platz haben könnten. Einer der Freunde meinte: „Diese Asklepios-Kultur ist doch Geschichte, so ein Gott spielt doch heute keine Rolle mehr." Franziska erlebte das anders: Die Tonscherbe symbolisierte für sie nicht nur eine Verbindung zu Nicos, sondern auch zu Asklepios. Ein besonderer Zauber ging für Franziska von ihr aus. Für sie war die Tonscherbe mehr als ein Ausdruck einer antiken Danksagung, sie stellte eine Verbindung zu den mystischen Heil-Erfahrungen in Lentas her.

Franziska fühlte, dass sie in Lentas ihre eigene Heil-Erfahrung erlebt hatte, inspiriert durch den Ort, hatte sie sich für die Beziehung zu Nicos öffnen können.

Doch wie sollte sie dies ihren Freunden erklären können?

Dabei ahnte sie noch nicht, welch wichtige Rolle sie in diesem Konflikt der Kulturen – völlig unerwartet – spielen würde.

-14-

Beim Frühstück am nächsten Morgen im Café am Strand ist Franziska immer noch allein. Sie trinkt den starken griechischen Kaffee und isst Joghurt mit Honig. Diesen griechischen Joghurt hatte sie letztes Jahr so gern gegessen. Doch jetzt isst sie ihn ohne großen Appetit. Sie ist bedrückt. Wie hatte sich Franziska in Deutschland auf das Ankommen in Lentas gefreut. Immer wieder hat sie sich das freudige Wiedersehen vorgestellt. Und jetzt bleibt ihr nichts anders übrig, als auf Nicos zu warten oder nach ihm zu suchen.

Sie überlegt, ob er vielleicht den Weg über den Löwenfels gegangen ist und sie ihn dort am Strand finden kann. Der Löwenfels thront wie ein starker Beschützer über der Bucht von Lentas. Auf dem Kamm des Felsens bleibt Franziska wieder beeindruckt stehen. Von hier aus kann sie gleichzeitig die Bucht von Lentas und den weiten Strand auf der anderen Seite sehen.

Hier war ich auch mit Nicos stehen geblieben. Überwältigt vom dem Ausblick nahmen wir uns in den Arm und drückten uns aneinander.

Franziska ist traurig, den Weg jetzt allein gehen zu müssen. Sie reißt sich vom Ausblick los und geht weiter.

Auf der anderen Seite des Löwenfelsens kommt sie zu dem langen Strand mit Hütten, Zelten, schillernden Steinen und einer Grotte. Dieser Strand hat immer wieder Menschen angezogen, die einfach und frei leben, feiern und dort Ferien verbringen wollten. Auch Nicos hatte dort mit seinem Freund Costas gezeltet. Sie geht am Strand entlang. Jetzt zu Ostern zelten noch wenige Menschen am Strand. Sie sieht sich nach dem Platz um, an dem letztes Jahr Nicos Zelt stand. Der Platz ist leer.

Letztes Jahr gingen Nicos und ich auch an den Zelten und Hütten entlang. Wir zogen die Schuhe aus und wateten Hand in Hand durchs flache Wasser. Wir erzählten uns, warum wir hier Urlaub machten. Ich berichtete über meine Trennung von Thomas und den Wunsch, Abstand zu haben. Nicos erklärte mir, wie sein Freund Costas und er entdeckt hatten, dass man hier noch am Strand zelten konnte. Da ihm Lentas und die Umgebung so gut gefiel, war er noch geblieben, als sein Freund schon abreisen musste. Nicos erzählte, dass er aus Heraklion stamme, zurzeit in Deutschland in einer Arztpraxis arbeite. Er würde aber gern wieder nach Kreta zurückkehren, wenn er dort eine Arbeit fände. Er verdiene zwar in Deutschland mehr, aber das wäre nicht das Wichtigste. Er blieb stehen, zeigte auf das Meer und die Küste. „Hier ist es doch wunderschön." Er umarmte mich und fügte hinzu: „Besonders schön ist es hier natürlich mit so einer schönen Frau an meiner Seite."

Er zeigte mir sein kleines Zelt am Strand, das unter einem schattigen Baum stand.

Wir setzten uns in den Schatten und er holte für mich etwas zu trinken.

Dann kletterten wir über die flachen, großen Steine, die am Ende des Strandes lagen. Wir kamen zu einer kleinen Bucht, die von den großen Steinen begrenzt war. Hier war es ganz ruhig. Wir setzten uns auf einen Felsen. Ich bemerkte seinen Blick, er sah mich voll Wärme und Zärtlichkeit an.

Ein tiefes, warmes, glückliches Gefühl breitete sich in mir aus, als er mich küsste. Da fühlte ich, dass ich ihn liebte.

Das Liebes-Gefühl für Nicos erfüllt Franziska wieder. Es kommt ihr so vor, als würde mit jedem Schritt, mit jedem Atemzug die Erinnerung an ihn intensiver. Das Gefühl seiner streichelnden Hände auf ihrer Haut, der Geschmack seiner begehrenden Küsse auf ihrem Mund und auf ihrem Busen. Die Erinnerung an sein Lächeln, wenn sie sich innig umarmten. Die zärtlichen Worte, die er zu ihr sagte. „Bitte, komm nach Lentas, Nicos!" Diesen Satz sagt sie immer wieder vor sich hin, in der Hoffnung, ihn dadurch herbeizaubern zu können: „Bitte komm nach Lentas, Nicos!"

-15-

Franziska versucht Nicos zu sich zu rufen, doch es gelingt ihr nicht.
Sie bleibt weiterhin allein. Die Sehnsucht nach ihm kann Franziska kaum aushalten. Hier sind die Erinnerungen an das Zusammensein mit Nicos wieder so nah. Diese Liebessehnsucht nagt in ihr. Beunruhigende Fragen beschäftigen sie:
Was ist, wenn er nie mehr wiederkommt? Wie schaffe ich das? Kann es sein, dass unsere gemeinsame Zeit für Nicos nicht so wichtig war wie für mich? Hat er vielleicht eine andere Frau kennen gelernt, die ihm wichtiger ist? Habe ich mich in ihm getäuscht? Habe ich Lust und Liebe verwechselt?
Franziska merkt, dass sie diese Gedanken immer verzweifelter werden lassen und sie immer mehr verwirren. Sie will sich wieder beruhigen und stellt sich vor, was ihr eine gute Freundin raten würde:
„Lass dich auf die Wirkung dieses Strandes und des Meeres ein, lege dich hin und entspanne, genieße, tu dir selbst etwas Gutes."

Dieser Stimme will Franziska folgen. Sie blickt sich um, bis sie einen angenehmen Platz am Strand findet, nahe den Zelten und den schattenbietenden Büschen. Sie zieht ihre Kleider aus und setzt sich im Bikini auf ihr Handtuch. Sie umarmt sich wieder selbst, um sich zu beruhigen, atmet tief ein und aus und legt sich dann entspannt auf ihr Handtuch. Franziska schließt die Augen. Sie hört die Wellen, der Wind spielt mit den Blättern der Bäume. Sie schläft ein.

-16-

Dimitris folgt der Frau, die er beobachten will. Ob sie hier wieder den Mann trifft? Er erinnert sich noch genau, dass er die beiden letztes Jahr hier gesehen hat. An diesem Strand hatte sich das Paar geküsst und zärtlich berührt. Sie taten so, als wären sie allein auf dieser Welt. Er wollte sich diese Sünde damals eigentlich nicht ansehen, aber er konnte nicht anders, er fühlte sich angezogen und abgestoßen zugleich.

Jetzt wundert er sich, dass die Frau noch allein hier ist. Sie wirkten so verliebt. Was ist eigentlich mit dem Mann? Er hat sie doch beide bei der Kultstätte gesehen als die Tonscherben verschwanden. Er beschließt, sie weiter zu beobachten. Vielleicht kommt der Mann noch.

Dimitris steht oberhalb vom Strand unter einem Baum. So hat er Schatten und einen guten Überblick. Doch der Mann kommt nicht. Die Frau bleibt allein. Er sieht, wie sie sich auszieht und sich dann nur noch bekleidet mit ihrem Bikini auf ein Handtuch legt. Er kann die weiblichen Formen genau sehen, ihren schönen Busen, der sich unter dem Bikini-Oberteil abzeichnet, die schlanke Figur, die Oberschenkel, das knappe Bikini-Höschen. Er merkt, wie er wieder erregt wird und versucht, sich abzuwenden. Er sollte jetzt sofort gehen. Doch es reizt ihn, sie weiter zu beobachten. Genauso wie im letzten Herbst erlebt er die Anziehung, die von ihr auf ihn ausgeht. Er weiß, dass er das nicht darf, aber er beobachtet sie weiter. Er stellt sich vor, zu ihr herunterzugehen, ihr die Bikini-Hose auszuziehen, mit ihr zu schlafen.

Nur mit großer Mühe kann er sich von dem Anblick losreißen, er schimpft mit sich. Solche Fantasien sind doch für ihn verboten.

Dimitris beschließt als Strafe heute auf seinen geliebten Raki abends zu verzichten, früh schlafen zu gehen und morgen wieder in der Kapelle zu beten. Das ist eine schwere Prüfung für ihn, dieser Frau zu folgen und zu versuchen, gelassen zu bleiben.

-17-

Franziska träumt, sie reite auf einem Pferd den langen Sandstrand entlang. In der Ferne auf einem Felsen sieht sie Nicos sitzen. Sie will zu ihm, doch das Pferd bleibt stehen. Sie sieht Nicos.

Sie kann sich nicht bewegen, kann nicht zu ihm kommen. Plötzlich rüttelt jemand an ihr. Sie will nicht vom Pferd fallen. Sie wehrt sich, wacht auf. Sie sieht in das lachende Gesicht einer zierlichen Frau. Diese blickt sie mit ihren warmen, braunen Augen freundlich an: „Hallo, ich bin Claudia. Ich habe dich geweckt, denn wenn du noch länger am Strand schläfst, wirst du knallrot." Verwirrt bedankt sich Franziska. Claudia zeigt auf ein Zelt. „Hier wohne ich, willst du etwas Wasser trinken?" Franziska nimmt das Angebot dankbar an.

-18-

Claudia holt aus dem Zelt eine Flasche Wasser und setzt sich mit Franziska in den Schatten unter den Büschen. „Ich habe dich beobachtet, du bist auch allein hier. Es kommt mir so vor, als würdest du hier jemanden suchen. Bevor du dich in den Sand gelegt hast und eingeschlafen bist, wirktest du so unruhig, auch etwas erschöpft auf mich. Vielleicht kann ich dir helfen, denn ich verbringe fast alle meine Urlaube hier. Lentas zieht mich immer wieder in seinen Bann. Auch allein ist es schön hier, dann lausche ich dem Meer, und es erzählt mir Geschichten."

Franziska lächelt. Mir hat mein Traum gerade eine Geschichte erzählt, dass mein Liebster in der Ferne wartet, aber ich will ihn hier haben.

Claudia nickt: „So etwas habe ich mir gedacht, wie heißt er denn?"

„Nicos, kennst du ihn?" Claudia verneint.

Die beiden blicken schweigend aufs Meer.

„Was für Geschichten erzählt dir das Meer?", fragt Franziska?

„Probiere es doch mal selbst aus, schließ die Augen und höre zu."

Franziska schließt die Augen und hört das Rauschen, lässt ihre Gedanken rund um die Liebe kreisen:

„Lieben heißt loslassen", wiederholen die Wellen.

„Lieben heißt sich einlassen", das wiederholen sie auch.

„Lebe deine Liebe, lieben heißt leben."

Die Wellen erzählen weiter von der Liebe, doch Franziska ist schon fast wieder eingeschlafen.

Sie öffnet wieder die Augen und freut sich, dass Claudia neben ihr sitzt:

„Mir erzählen die Wellen von der Liebe, vom Einlassen und Loslassen. Aber das ist schwer, denn ich sehne mich so nach meinem Geliebten. Doch erzähl mal, was erzählen dir die Wellen?"

Claudia schließt die Augen.

„Sie erzählen mir immer wieder etwas Neues. Ich will mal an die Liebe denken und hören, was sie mir dazu zu sagen haben."

Franziska sieht, wie Claudia ganz entspannt neben ihr sitzt.

Sie wird ruhig. Es tut so gut, in der Sonne zu sitzen und auf das Meer zu sehen.

Claudia öffnet die Augen.

„Mir erzählte das Meer, dass mir bald eine Liebe geschenkt wird.

Ich hörte: Lass dich lieben, lass dich lieben in Lentas. Das wiederholten sie immer wieder. Aber ich denke, dass ich es mir wünsche. Das Meer kennt unsere Wünsche gut, wenn wir uns entspannen können, dann erzählt es uns von dem, wonach wir uns sehnen. Ich empfinde diesen Ort als Geschenk. Und auch die Liebe ist ein Geschenk, also würde es doch gut passen, dass ich mich hier wieder verliebe, aber leider ist der Richtige noch nicht gekommen. Da beneide ich dich, dass du hier jemanden kennen gelernt hast, in den du dich verliebt hast."

Franziska denkt daran, wie verliebt sie in Nicos ist und wieder spürt sie den Schmerz, dass er nicht bei ihr ist. Wie anders ist ihr Verhältnis zu Thomas. Das empfindet sie nicht als Geschenk, denn er wollte ihr seine Art der Liebe aufzwängen, bei der sie sich klein und unfrei fühlte.

Franziska wundert sich, wie leicht es ist, mit Claudia über die Liebe zu sprechen, obwohl sie sich kaum kennen. Gleichzeitig wird sie wieder unruhig und will zurück zu ihrem Appartement.

„Hast du Lust, dass wir heute Abend zusammen in eine Taverne gehen?", schlägt sie vor, „ich würde mich gern noch weiter mit dir unterhalten."

Claudia prostet ihr zu. „Gute Idee und dann können wir das Wasser durch Wein ersetzen."

Claudia sieht Franziska nach, die barfuß durch das flache Wasser läuft. Die kurze Begegnung mit dieser Frau hat in ihr eine Sehnsucht geweckt, die sie lange nicht mehr gespürt hat. Die Sehnsucht nach Liebe, nach einem Mann, nach Zärtlichkeit und Sex. Hier kennt sie viele Leute. Es gibt viele Touristen, die jedes Jahr wieder hierher kommen. Auch gibt es hier den Freak Tom, neben dessen Hütte schlägt sie immer ihr Zelt auf, weil sie sich in seiner Nähe sicher und gut fühlt.

Wenn sie hier ankommt, wird sie von vielen begrüßt und sofort werden in der Taverne am Strand die neuesten Nachrichten aus Deutschland ausgetauscht.

Später kommt dann Tom zu ihr. Er redet wenig. Er sitzt gern vor seiner Hütte, sein nackter Oberkörper ist braun gebrannt. Seine langen dunklen Haare sind zu einem Pferdeschwanz zusammengebunden. Er sieht gern aufs Meer, schichtet Steine auf und bildet daraus verschiedene Türme. Tom hat ihr beigebracht, wie man dem Meer lauschen kann und eine Botschaft für sich heraushört. Manchmal schläft Tom bei Claudia im Zelt, sie mag seine Nähe, auch wenn es keine Erotik zwischen ihnen gibt, denn Tom ist sehr zurückhaltend. Er verhält sich ihr gegenüber wie ein Freund, nicht wie ein Geliebter. Claudia lebt in Lentas ein gleichmäßiges Leben: baden, am Strand entlang gehen, Kaffee trinken, abends mit den Bekannten zusammen in der Taverne oder am Strand feiern, viel Wein trinken, manchmal auch etwas rauchen, Musik hören oder selbst Gitarre spielen, schlafen. Früher hat sie immer wieder jemanden getroffen, mit dem sie eine Nacht verbracht hat, aber keiner der Männer war der „Richtige" gewesen. Die meisten waren gebunden und genossen es nur, mit Claudia ein Abenteuer am Strand zu erleben, um dann am nächsten Tag wieder brav im Appartement mit der Familie zu übernachten.

In den letzten beiden Jahren hat sie sich von diesen Abenteuern zurückgezogen. Zu oft hatte sie sich verletzt und nicht genug geliebt gefühlt.

Sie erträgt fast nur noch die Nähe von Tom, mit dem sie reden und schweigen kann, der zu ihr zärtlich ist, ohne sie sexuell zu begehren.

Sie lernt auch kaum mehr neue Leute kennen. Dass sie sich jetzt mit Franziska trifft, ist eine Ausnahme. Es ist ein gutes Gefühl, hier zu sein, all das Vertraute zu erleben. Aber heute denkt sie, dass etwas fehlt. Das Meer, die Wellen und die Begegnung mit Franziska haben sie wieder darauf aufmerksam gemacht.

Sie holt ihre Gitarre aus dem Zelt und spielt „If you are going to San Francisco".

Nicht nur der Name Franziska hat sie zu dem alten Lied geführt, auch ihre Sehnsucht nach Liebe. Sie denkt an ihren ersten Freund, mit dem sie hier am Strand von Lentas war und der sie allein gelassen hatte. In jener Zeit hatte sie oft dieses Lied gespielt.

Tom hört das Lied und setzt sich zu ihr. Er mag es, wenn Claudia singt. Ihre Stimme hat einen rauen Klang, der immer ein wenig traurig wirkt.

Sie sitzen still beieinander. Tom bemerkt, dass Claudias Stimmung sich verändert hat. Sie wirkt sehr nachdenklich. „Hat dir das Meer heute etwas erzählt?", fragt er. „Ja, von der Liebe", gesteht Claudia. „Ich glaube, ich habe schon viel zu lange keinen Sex mehr. Aber Sex ohne Liebe ist nichts für mich", seufzt sie. Tom sieht sie traurig an. Er liebt diese Frau, aber er wagt es nicht, ihr das zu sagen. Er weiß nicht, ob er der „Richtige" für sie wäre, er fürchtet sich, sie sexuell zu enttäuschen, nicht gut genug zu sein. Er will ihre Freundschaft nicht gefährden. So hält er sich vorsichtig zurück.

-20-

Franziska steht vor ihrem Kleiderschrank. Sie überlegt, was sie heute Abend zum Abendessen mit Claudia anziehen will. Sie freut sich, diese Frau wieder zu treffen.

Es schien ihr, als gebe es eine Verbindung zwischen ihnen. Claudia hat gleich gespürt, dass sie unruhig und auf der Suche ist und sie hat sich um sie gekümmert, ohne sie zu kennen. Franziska freut sich darauf, Claudia näher kennen zu lernen.

Wie schön war es, sich so frei mit ihr über die Liebe austauschen zu können, denkt sie. Doch bei diesem Stichwort gehen ihre Gedanken sofort wieder zu Nicos.

Vielleicht kommt er ja heute Abend endlich in Lentas an, vielleicht trifft sie ihn heute noch? Soll sie schon eins der aufregenden Dessous anziehen, um ihm zu gefallen?

In Erinnerung an Nicos hatte sie sich in Deutschland in einer Dessous-Abteilung wiedergefunden, in die sie sonst nie ging. Etwas aufgeregt hatte sie verschiedene Kombinationen ausprobiert und sich schließlich für mehrere verführerische Modelle entschieden.

Ganz wohl war ihr an der Kasse nicht, als sie diese ungewöhnliche Wäsche bezahlte und hoffte, dass kein Bekannter sie dort sah. Doch sie stellte sich vor, wie sie Nicos damit überraschen könnte und das machte sie mutig.

Sie wunderte sich über sich selbst, denn früher hatte sie sich hartnäckig geweigert, solche Wäsche zu tragen.

Thomas wollte sie oft bewegen, „heiße Wäsche", wie er es nannte, für ihn zu tragen. Doch dazu hatte sie nie Lust gehabt. Dies bedeutete wieder, seine Wünsche zu erfüllten ohne auf ihre zu achten, sich ihm unterzuordnen, sein Lustobjekt zu sein.

Ganz anders ist es jetzt, wenn sie sich vorstellt, die Dessous für Nicos anzuziehen. Für ihn will sie so heiß und verführerisch wie möglich sein. Dies passt zu ihrer neuen Erfahrung. Wenn sie sich für den Mann so kleidet, wie sie es will, wenn sie das Spiel der Verführung selbst in der Hand hatte, fühlte sie sich gut.

Sie wählt ein schwarzes Dessous aus, fast durchsichtig mit schwarzen Spitzen. Sie stellt sich vor, dass Nicos sie so sieht, sich über ihren Anblick freut, sie küsst und ihr dann voll Verlangen das Dessous auszieht. Bei diesem Gedanken breitet sich ein warmes und kribbeliges Gefühl in ihr aus. Vielleicht ist er ja schon angekommen und kommt jetzt gerade zu ihr. Sie wünscht sich das so sehr. Sie geht ans Fenster und späht hinaus.

Doch sie sieht nur einen älteren Mann an ihrem Appartement vorbeigehen. Schnell zieht sie sich zurück.

Ganz will sie die Hoffnung für heute Abend nicht aufgeben. Sie behält das Dessous an und zieht ihr Lieblingskleid an. Dann kämmt und schminkt sie sich sorgfältig und besprüht sich mit dem Parfüm, das Nicos an ihr so gern gerochen hat.

Dimitris geht am Appartement der Frau vorbei, die er beobachtet. Er hat sehr zwiespältige Gefühle. Zum einen will er sie kontrollieren, zum anderen würde er sie am liebsten meiden.

Doch er fühlt sich verpflichtet, nachzusehen, ob sie noch im Appartement ist. Vor ihrem Appartement angekommen, stockt ihm der Atem. Sie tritt ans Fenster, bekleidet mit einem heißen Dessous. Unter den schwarzen Spitzen zeichnen sich die verlockenden Rundungen ihrer Brüste ab. So ein Dessous hat er hier noch nie gesehen. Er wendet sich schnell ab, kann sich aber seiner starken Erregung nicht erwehren. Sie ist eine Hexe. Hat sie denn gar kein Schamgefühl! Am liebsten würde er in ihr Appartement eindringen, sie schlagen, ihr Dessous zerreißen und ihr die Tonscherbe wegnehmen. Doch dies würde wohl ziemlich viel Ärger geben. Die Frau ist zu Gast hier. Und Gäste werden gut behandelt. Er beschließt noch zu warten. Doch der Gedanke, sie zu schlagen, gefällt ihm sehr.

-22-

Franziska wartet vor der Taverne auf Claudia. Sie begrüßen sich herzlich, so als ob sie sich schon lange kennen würden. In der Taverne finden sie einen Platz mit Blick auf das Meer. Sie trinken zusammen harzigen Weißwein und essen griechischen Salat mit den nach Süden schmeckenden Tomaten und dem weichen Schafskäse.

Franziska sieht, wie sich die Lichter im Meer spiegeln.

„Ist das nicht komisch? Hier ist alles so wunderschön, doch es fällt mir schwer, es richtig zu genießen, denn immer wieder überfällt mich die Sehnsucht nach einem Mann, den ich doch kaum kenne."

Claudia ist neugierig: „Wie habt ihr Euch kennen gelernt und warum musst du ihn hier suchen?"

Franziska findet es angenehm von Nicos erzählen zu können. Wie sehr er ihr gefallen hatte, wie ungewöhnlich schnell sie sich auf ihn eingelassen hatte, wie viele aufregende Stunden sie hier mit ihm erlebt hatte, wie er sie auf die Asklepios-Heilkultur aufmerksam gemacht hatte und wie sie vereinbart hatten, sich Ostern wieder zu treffen. Die Mitnahme der Tonscherben verschweigt sie jedoch lieber.

Claudia lacht: „Er ist dein Liebhaber und dein Heiliger, dein Traum – er kann dich nicht enttäuschen, du kannst ihn dir so träumen, wie du ihn dir wünscht."

Franziska stöhnt:

„Ich will nicht nur von ihm träumen, ich will ihn anfassen, packen, küssen, streicheln, spüren. Er soll lebendig sein und am besten gleich vorbeikommen."

In dieser Taverne hatte ich auch mit Nicos zusammen gegessen.

Er flüsterte mir zärtliche Worte ins Ohr, fütterte mich mit Köstlichkeiten und wir tranken zusammen Wein. Er erzählte mir, wie die Dinge, die wir aßen in griechischer Sprache heißen und ich versuchte sie mir zu merken und bestellte die nächste Karaffe Wein. Ruhige Jazz-Musik wurde in der Taverne gespielt. Das fand ich ungewöhnlich für eine griechische Kneipe. Wir begannen über unseren Musikgeschmack zu reden und schließlich kam ein Lied, das uns beiden besonders gut gefiel: „A taste of honey".

Während wir zuhörten, sahen wir uns an. Ich fühlte, wie sich unsere Lust und Begierde in unseren Augen spiegelte, in den Blicken, die wir uns zuwarfen.

Während wir noch einen Kaffee tranken, der Wirt uns den Raki des Hauses und Melonenstücke brachte, nahm die erotische Spannung zwischen uns immer mehr zu. Dann beugte sich Nicos zu mir und küsste mich stürmisch.

Komm! Wir gingen in mein kleines Zimmer. Wie im Rausch drängten wir uns aneinander, versuchten wir uns gleichzeitig zu küssen, aneinander zu drücken, zu streicheln, zu spüren. Ich war heftig erregt und voll Lust.

Das hatte ich vorher noch nicht gekannt, einen Mann so zu wollen, so zu begehren.

Er achtete zärtlich und feinfühlig auf mich, spürte, was ich wollte. Er zog mich aus und überhäufte mich mit Komplimenten. „Wie schön du bist!" Er küsste und streichelte meinen Busen, langsam wanderte seine

Hand weiter hinunter zwischen meine Schenkel, um mich dann dort sanft kreisend zu streicheln. „Wie sehr ich dich begehre!"

Dann lag er über mir, ich konnte es kaum erwarten, dass wir uns vereinten, eins wurden in der Lust. Als ich ihn in mir fühlte, drängte ich mich ihm entgegen, er trieb meine Erregung mit seinen heftigen Bewegungen weiter, bis ich fühlte, dass ich mich tief fallen lassen konnte, und einen intensiven Höhepunkt erlebte. Ich fühlte mich so glücklich und Nicos zeigte mir auch, wie glücklich er war. „ Das ist wie ein Flug in den Himmel und du bist mein Liebesengel", sagte er zu mir. Dann blieben wir lange beieinander liegen, glücklich, befriedigt und vereint.

Wieder wird die ruhige Jazz-Musik gespielt. Franziska kann ihre Sehnsucht kaum aushalten. Sie trinkt einen großen Schluck Weißwein und sieht dann Claudia neugierig an: „Jetzt will ich aber gern wissen, was dich mit Lentas verbindet." Claudia freut sich, erzählen zu können:

„Es ist schon fünfzehn Jahre her, da reiste ich mit meinem Freund Alex nach meinem Abitur nach Kreta. Wir hörten, dass es in Lentas im Süden Kretas ganz einfach sei, mit dem Zelt am Strand zu übernachten. Ich genoss diese Tage hier in Lentas sehr. Wir liebten uns, hatten unendlich viel Zeit füreinander, trafen andere junge Leute, tranken unheimlich viel Wein, diskutierten ganze Nächte lang, fühlten uns frei und unabhängig.

Ich wurde immer ruhiger, war glücklich in der Sonne liegen zu können, zu schwimmen, zu reden, zu lachen, zu lieben.

Doch Alex wurde immer unruhiger, er lief am Strand hin und her, warf Steine ins Wasser, begann wegen Kleinigkeiten Streit.

Irgendwann wachte ich auf und Alex war weg. Ich lag allein im Zelt. Ich konnte es nicht fassen, suchte überall nach ihm, aber er war nicht mehr da. Ich war wütend, traurig und fühlte mich unglaublich allein. Meine Freunde und Bekannten in Lentas trösteten mich, doch der Schock saß tief. Irgendwann später – wieder in Deutschland – erhielt ich von ihm einen Brief, er hätte die Nähe zu mir nicht mehr aushalten können.

Doch seitdem komme ich immer wieder hierher, ob ich mich gut fühle oder Trost brauche, ich fühle mich hier immer willkommen." Franziska seufzt: „Ja, manche Männer fürchten sich vor zu großer Nähe zu einer Frau. Ich glaube, sie haben Angst, dass wir ihnen mit unserer Liebe ihre männliche Autonomie wegnehmen würden. Dabei kann die Nähe zwischen Mann und Frau so einen besonderen Zauber haben." Während Franziska mit Claudia diskutiert, stellt sie sich plötzlich voll Angst die Frage, ob auch Nicos vor zu großer Nähe geflohen sein könnte.

Nachts kann Franziska nicht einschlafen, sich selbst zu umarmen, sich zu trösten, all das hilft ihr nicht. Sie steht auf, geht auf den Balkon und lauscht dem Meer. Diesmal kann sie nicht hören, dass das Meer ihr etwas erzählt. Sie hört nur das wilder werdende Rauschen des Meeres. Es erinnert sie an den Sturm, der auch in ihr tobt. Sie kann nicht verstehen, dass Nicos nicht gekommen ist.

Ein Gedanke quält sie. Hat er vielleicht eine andere Frau, war sie für ihn nur eine kurze Affäre gewesen? Hat er sich vielleicht in seinen Gefühlen für sie doch geirrt?

Liebt er sie nicht so, wie sie ihn liebt?

Sie spürt den Wind auf ihrer Haut. Der Wind spielt mit ihren Haaren. Und sie erinnert sich, wie Nicos ihr zärtlich die Haare aus dem Gesicht gestrichen hat: Innig, innig hofft Franziska, dass Nicos bald bei ihr ist, dass sie seine Hände auf ihrem Gesicht spüren kann, dass sie hier nicht mehr allein einschlafen muss.

Die frische Luft und die zärtlichen Erinnerungen haben ihr gut getan. Er wird kommen, er liebt mich, sagt sie sich. Sie geht wieder ins Bett und endlich kann sie einschlafen.

Nicht weit von ihr schläft Claudia in den Armen von Tom und träumt von einem anderen Mann, der aus dem Meer kommt und sie in die Arme nimmt.

Karfreitag ist ein strahlender Sonnentag, doch Franziska ist traurig. Sie geht noch einmal an der Taverne vorbei, bei der sie Nicos im Herbst getroffen hatte, doch wieder ist er nicht da. Sie weiß, dass ihre Suche unsinnig ist. Wäre er da, hätte sie ihn schon längst gesehen. Lentas und seine Umgebung sind viel zu überschaubar, um sich hier nicht wiederzufinden.

Schließlich läuft sie von Unruhe geplagt lange am Meer entlang. Sie weiß nicht mehr, wie sie das Warten aushalten soll. Jetzt beginnt schon das Osterwochenende. Warum kommt er nicht? Sie weint still vor sich hin. Doch keiner ist da, um sie zu trösten. Dann schreit sie ihre Enttäuschung den Wellen entgegen: „Warum kommt er nicht? Wo ist er?"

Hier an dieser Stelle waren wir weit hinausgeschwommen, ich hatte mich neben ihm ganz sicher gefühlt. Etwas erschöpft war ich wieder an Land gekommen. Ich legte mich in die Sonne. Er legte sich neben mich. Wie redeten über das Leben in Deutschland, die Unterschiede zwischen den beiden Ländern. Ich merkte, dass ich mir im Moment die Hektik in Deutschland kaum vorstellen konnte. Ich schloss die Augen und genoss das Glück, hier sein zu können. Ich spürte Nicos streichelnde Hände auf meiner Haut. Er liebte mich erst mit seinen Händen, dann mit seinen zärtlichen Worten – und all das war wie eine Verheißung dessen, was er mir später noch gab.

-25-

Franziska ist von der Wucht ihrer Sehnsucht verwirrt, von der Angst davor, ihn nie wieder zu sehen. Die Liebe zu Nicos ist so ein heftiger Gegensatz zu dem, was sie in den letzten Ehejahren erlebt hat. Die Kälte ihres Ehemannes, Thomas, hatte sie zutiefst verunsichert. Wenn sie seine besonderen sexuellen Wünsche nicht erfüllte, zog er sich von ihr zurück und sie erlebte das niederschmetternde Gefühl, als Frau nicht mehr begehrenswert zu sein, als Frau abgemeldet und nur noch im gemeinsamen Bett geduldet zu werden.

Franziska erinnert sich an die Leere, die sie gefühlt hatte, die Stille zwischen ihnen, wenn sie nach einem Streit nicht mehr miteinander redeten, an ihre Einsamkeit. Und sie fragte sich: Warum ist es so, dass ich mich erst in den Augen von Nicos spiegeln muss, um mich richtig schön zu finden? Kein Spiegel würde ihr das je ersetzen.

-26-

Tom sieht Claudia an. Sie sitzen beide am Meer. Tom ist ruhig wie immer und schichtet Steine auf. Claudia ist unruhig. Sie hat das Gefühl, dass sich bald etwas in ihrem Leben ändern wird. Tom

67

stöhnt. „Du bist schon genauso nervös wie deine neue Freundin, das scheint ansteckend zu sein. Ihr solltet mal etwas länger wandern und dann ruhiger werden."

Dann macht Tom seinen Kopfstand, den Claudia schon so gut kennt, eine halbe Stunde lang hält er es so aus. Sie versucht ruhiger zu werden und hört auf die Stimme des Meeres. Wieder erzählen ihr die Wellen von der Liebe. Sie ist gespannt, was kommt.

-27-

Am Samstag ist Nicos immer noch nicht erschienen. Claudia schlägt Franziska vor, einen Ausflug zu einer beeindruckenden Schlucht zu unternehmen. Sie will Toms Rat befolgen und Franziska von der Suche ablenken, die sie immer nervöser erscheinen lässt.

Diesmal gehen sie in die andere Richtung. Östlich vom Ort führt ein kleiner Weg hinauf zu einem Hügel. Claudia zeigt Franziska Reste von Säulen, die dort liegen. Verstreut über den Hügel entdecken sie viele Tonscherben. Franziska hebt einige auf, aber auf ihnen sind keine Schriftzeichen zu sehen. Bei manchen Scherben sieht sie Einkerbungen, als stammten sie von alten Gefäßen.

Die beiden Frauen bleiben stehen und blicken aufs Meer.

Franziska entdeckt im Meer einen besonderen Felsen und zeigt ihn Claudia.

„Wir nennen ihn den Elefantenfelsen, genauso wie der Löwe auf der anderen Seite, ist er ein Symbol der Stärke", erklärt Claudia. Franziska spürt hier oben den Wind, sie blickt hinunter auf den kleinen Ort Lentas und sie fühlt, wie die Landschaft sie gefangen nimmt mit ihrer Schönheit. Sie würde gerne noch länger hier stehen bleiben. Doch Claudia drängt sie zum Gehen. „Ich wollte dir doch den Wasserfall zeigen, das ist noch eine weite Strecke. Lass uns weitergehen!" Sie gehen den schmalen Pfad entlang oberhalb des Meeres. Auf der Straße über dem Pfad folgt ihnen Dimitris in sicherem Abstand langsam mit seinem Lieferwagen.

-28-

Dimitris sieht die beiden Frauen die Schlucht hochsteigen in Richtung des Wasserfalls. Dorthin will er ihnen nicht folgen, dieser Pfad, so findet er, ist ein Weg für Ziegen und verrückte Touristen.

Hier wird nichts mehr passieren, worauf er aufpassen müsste.

Dimitris könnte zurückfahren. Doch da kommt ihm die Idee, zur nahen Bergkapelle hinauf zu fahren und zu beten. Er liebt die Bergkapelle sehr. Der Platz so hoch in den Bergen ist für ihn ein besonders schöner Ort, an dem er sich Gott sehr nahe fühlt. Er liebt es, dort zu Gott zu beten. Heute will er Gott um Hilfe bitten, dass er seine Mission mit Gelassenheit ausführen kann, dass er seine verbotene Erregung in den Griff bekommen kann.

-29-

Claudia zeigt Franziska die Stelle, an der der Zaun zu öffnen ist und sie gehen den Weg die Schlucht hinauf.
Franziska bleibt stehen und sieht voll Begeisterung auf die Blüten der Oleanderbüsche, die hier am Rande des Weges durch die Schlucht links und rechts in tiefvioletten Farben blühen. Claudia freut sich mit ihr über die herrlichen Blüten. „Ich nenne den Weg deshalb auch den Oleanderpfad. Diese Schönheit zu erleben, gibt mir viel Kraft." Claudia kennt den Weg gut und klettert flink vor Franziska her die Schlucht hinauf. Franziska beeilt sich, um sie nicht aus den Augen zu verlieren. Manchmal ist der Pfad sehr eng und sie muss sich an einem herabhängenden Kabel der Wasserleitung festhalten, um Halt zu finden. Links und rechts in den Felsen stehen Ziegen und blicken sie blökend an. Es kommt Franziska so vor, als würden sie etwas mitleidig auf sie herabblicken, denn so schnell wie die Ziegen kann sie wirklich nicht klettern.
Von Ferne kann Franziska schon ein Rauschen hören. Als sie oben ankommt, ist sie verschwitzt

und ganz außer Atem. Sie bleibt fasziniert stehen. Ihr stockt der Atem: Zwischen zwei Felsen tobt ein wilder Wasserfall, das Grün der Farne spiegelt sich im Wasser. Hier ist ein kleines Paradies. Claudia freut sich über Franziskas Begeisterung: „Komm!" Sie zieht sich aus.

Franziska folgt ihrem Beispiel. Beide stellen sich in das Wasserbecken unterhalb des Wasserfalls und lassen sich von dem erfrischend kalten Wasser abduschen."

-30-

Das alte Heiligtum in den Bergen hatte schon viele Betende und Opfernde gesehen. Vor vielen Jahren war, versteckt in dem Fels, eine Grotte zu einer Bergkapelle ausgebaut worden. Mühsam auf einen Esel gepackt, wurden auch Schätze aus dem Asklepios-Tempel hierher geschafft, damit sie zu Ehren des Christus-Gottes genutzt werden konnten: In eine Säule wurde ein Kreuz geschnitzt, eine Marmorplatte aus dem Heiligtum wurde umgedreht und als Tisch benutzt.

Dimitris fühlt sich hier in der Ruhe und in dem Schutz der Berge besonders wohl und kniet nieder zum Gebet. Doch plötzlich stört ein durchdringendes Lachen sein Gebet.

Er blickt sich um. Er kann niemanden sehen. Das Lachen wird noch lauter.

Er geht aus der Kapelle heraus und klettert über den Felsen, so dass er in das Oleander-Tal hinabsehen kann. Da sieht er eine verbotene Szene, wie aus dem fernen Paradies oder besser aus der Hölle des Verbotenen: Die zwei Frauen stehen nackt im Wasserfall. Er kann ihre Brüste sehen, er kann sie in voller Nacktheit sehen. Er bekreuzigt sich, aber es hilft nichts, er kann sich nicht gegen seine Erregung wehren.

Dimitris kniet nieder. Er betet intensiv, bis die Erregung nachlässt. So schwer hat er sich die Prüfung nicht vorgestellt. Er betet zu Gott: „Willst du, dass ich diese Frau bestrafe?" Er bekommt keine Antwort, doch er glaubt, dass Franziska eine Strafe verdient hat.

-31-

Claudia und Franziska haben verabredet, sich abends in der Cocktail-Bar zu treffen. Als Franziska in die Bar kommt, sitzen schon viele Gäste um den Tresen herum. Im hinteren Teil der Bar wird getanzt. Claudia ist schon da und winkt ihr zu. Franziska setzt sich neben Claudia an den Tresen und trinkt den Begrüßungstrunk, den ihr der freundliche Barkeeper hingestellt hat. Während der Barkeeper fröhlich Drinks mischt, tanzt er hinter der Bar zu der Musik. „My father was a rolling stone". Eine fröhliche und ausgelassene Stimmung umgibt Franziska. Doch sie fühlt, wie sie wieder unruhig wird. Die Frage lässt sie nicht los: „Kommt er noch oder kommt er nicht?"

Wenn die Tür sich öffnet, blickt sie hoffnungsvoll dem neuen Gast entgegen, und wendet sich dann mit enttäuschtem Blick wieder ab.

Claudia versucht sie aus den Gedanken zu reißen: „Lass uns was trinken, lass uns tanzen, lass uns von der Terrasse aus den Sternenhimmel betrachten. Wir haben so ein Glück, dass es zu Ostern schon so warm ist, dass man abends draußen sitzen kann. Lass uns leben – jetzt – und hör mal für einen Moment auf, nur zu warten!"

Franziska trinkt mit Claudia einen Cocktail auf der Terrasse. Ein sanfter Wind weht vom Meer her. Sie blickt in den Sternenhimmel und wieder muss sie an Nicos denken, an den gemeinsamen Spaziergang, an das gemeinsame Glück.

Claudia seufzt: „Du kannst einfach nicht abschalten, sollen wir tanzen gehen?"

Doch Franziska hat keine Lust, sie will lieber auf der Terrasse ihren Gedanken nachhängen.

Etwas genervt von den misslungenen Versuchen, Franziska abzulenken, geht Claudia allein zum Tanzen.

Franziska sitzt auf der Terrasse. Sie hat den zweiten Cocktail vor sich stehen, geschmückt mit bunten Plastikfiguren: Meeresjungfrauen, Schwerter, Affen. Sie spielt mit ihnen, dann blättert sie in ihrem Tagebuch, liest darin die heißen Erinnerungen an Nicos und schreibt: Was mache ich nur, wenn Nicos nicht kommt? Wie kann ich ohne seine Liebe weiterleben?

Ihre traurigen Gedanken werden durch die Ankunft von zwei Männern unterbrochen, die plötzlich an ihren Tisch kommen. Der größere von beiden sieht sie mit einem charmanten Lächeln an und fragt: „Dürfen wir uns zu dir setzen? Du bist uns aufgefallen: So schön, so traurig, so in Gedanken, als wartest du auf etwas."

Franziska fühlt sich etwas überrumpelt, findet die beiden aber nicht unsympathisch und hat nichts dagegen, dass sie sich zu ihr setzen. Sie stellen sich als Paul und Klaus vor. Klaus deutet auf den Sternenhimmel. „Ist das nicht wunderschön hier. Wie gut, dass wir hier auf unserer Reise so eine herrliche Zwischenstation gefunden haben."

„Wohin wollt ihr?" Irgendwie haben die beiden Franziska neugierig gemacht.

Paul zeigt auf den Sternenhimmel über ihnen: „Unsere Reise sollte uns weiter nach Süden, bis zum Kreuz des Südens führen. Aber vielleicht auch nicht, wer weiß? Denn der Ort, den wir suchen, ist der Ort unserer Träume, unserer Sehnsüchte und Wünsche. Vielleicht könnte es auch sehr gefährlich sein, dorthin zu kommen. Denn solange wir unseren Sehnsüchten folgen, ist so vieles möglich. Wir können sie in Gedanken immer wieder umformen und ändern. Und solange diese Sehnsüchte in uns sind, werden wir immer weiter getrieben zu reisen, zu erleben."

Jetzt mischt sich Klaus ein: „Wir verändern uns ja schon während der Reise, und wie unsere Wünsche und Sehnsüchte sich verändern, so verändert sich auch der Ort, den wir suchen. Darum lassen wir ihn lieber undefiniert und lassen uns leiten von unseren Wünschen, unserer Neugier und der Sehnsucht nach der Liebe."

„Wobei", hier meldet sich wieder Paul zu Wort, „wir in Sachen Liebe sehr verschiedene Ansichten haben: Gibt es die perfekte Verbindung zwischen Erotik, Leidenschaft und Bindung? Oder ist jeder Versuch, Liebe zu leben, das Ende der vollkommenen Liebe? Darf man sich gar nicht erst einlassen, damit man sie nicht wieder kaputt macht?"

-32-

Paul sieht Franziska neugierig an: „Auf welcher Reise bist du? Worüber schreibst du?"

Die beiden Männer verwirren Franziska etwas. Sie wirken ganz nett, scheinen sich auch mit ähnlichen Gedanken zu beschäftigen wie sie. Doch sie erzählen so offen und frei davon, wie sie es sonst nicht bei Menschen, die ihr fremd sind, erlebt. So kommt es ihr etwas seltsam vor, mit zwei fremden Männern über die Liebe zu diskutieren.

Franziska ist unschlüssig, ob sie mehr von sich erzählen will. Doch sie gibt sich einen Ruck. „Ich schreibe über die Sehnsucht und ob ich ein Leben ohne die Liebe, die ich hier erlebt habe, leben möchte."

Die beiden sehen sie an. Paul nickt. „So etwas habe ich mir fast gedacht."

Franziska blickt ihn verwundert an, können andere ihre Sehnsucht spüren, fühlen?

Wieder passiert etwas, was sie bisher nicht kannte und zum ersten Mal bei Nicos erlebt hatte. Obwohl sie die beiden Männer gar nicht kennt, kommen sie ihr vertraut vor.

Liegt das an diesem Ort, dass sie sich hier so viel leichter öffnen kann als in Deutschland?

Und zu ihrer eigenen Verwunderung hört sie sich erzählen: „Ich war hier so glücklich, ich hatte hier perfekte Tage erlebt, die waren schöner als ich mir die Liebe je vorgestellt habe und wir wollten uns hier wieder treffen, aber er ist nicht da. Ich verstehe das nicht. Und so bin ich hier und habe viel Zeit über die Liebe nachzudenken."

Klaus sieht sie interessiert an und fragt: „Was denkst du denn über die Liebe?"

Franziska seufzt: „Bis vor kurzem hätte sie einen Namen gehabt, Nicos. Ich fühlte mich so intensiv zu ihm hingezogen, obwohl ich ihn kaum kannte, ich fühlte mich verstanden, gewollt und geliebt. Ich dachte, dass wir uns „erkannt" hätten, dass wir füreinander wie geschaffen wären. Aber er ist nicht gekommen, ich muss mich geirrt haben und ich verstehe das nicht".

Paul wundert sich: „Wie kann man nur so dumm sein und so eine schöne Frau hier allein lassen?"

Klaus steuert noch eine seiner Ideen über die Liebe bei: „Vielleicht wollte sich Nicos das Ideal eurer Begegnung erhalten, vielleicht hatte er Angst, weitere Begegnungen könnten das perfekte Bild zerstören."

Bitte nicht, denkt Franziska. Wie schön wäre es, wenn Nicos jetzt einfach herein käme und sie ihn bei sich hätte und nicht über ihn und die Gründe seines Fernbleibens diskutieren müsste.

-33-

Franziska zwingt sich, jetzt nicht weiter an Nicos zu denken. „Warum habt ihr gerade in Lentas Zwischenstation eingelegt?", will sie wissen.

Paul und Klaus erzählen ihr, dass sie hier ein Rätsel lösen sollen. „Wir haben die Nachricht erhalten, dass hier zwei wertvolle Scherben mit Schriftzeichen verschwunden sind. Der Wärter des Asklepios-Tempels, Michaelis, hat uns gebeten, ihm zu helfen, sie wiederzufinden. Solange können wir umsonst bei ihm wohnen. Ist doch kein schlechtes Angebot!"

Franziska erschreckt. Sie ahnt, welche Scherben die beiden meinen könnten, aber sie ist erst einmal still. Paul steht auf, als ein Reggae-Stück gespielt wird. „Tanzt du?" Franziska lässt sich darauf ein. Sie tanzt, hört die raue Stimme des Sängers. Sie dreht sich. Sie fühlt sich etwas schwindelig, angenehm benebelt vom Alkohol der beiden Cocktails. Über ihr funkeln die Sterne.

In der Ferne hört sie die Wellen des Meeres. Franziska spürt den sanften Druck von Pauls Armen. Er zieht sie näher an sich. „Du, Schöne", flüstert er, und sie hört es gern. Zum Abschied umarmen Paul und Klaus sie. Sie lassen es sich nicht von Franziska ausreden, sie zu ihrem Appartement zu begleiten. Franziska winkt zu Claudia herüber. Claudia ist in ein Gespräch mit einem Dauertouristen aus Deutschland vertieft, der in der Nähe von Lentas ein Haus hat. Claudia will noch bleiben.

Franziska fühlt sich wohl, die beiden Männer links und rechts neben sich zu haben. Sie gehen durch die Dunkelheit und bleiben stehen, um den Sternenhimmel zu sehen. Klaus erzählt von der brasilianischen Flagge: „Ihr zentrales Motiv ist der nächtliche Sternenhimmel, im Mittelpunkt steht das Kreuz des Südens. Das Sternenbild, zu dem Paul und ich wieder reisen wollen. Es ist das Schicksalssymbol der Seeleute, es gilt auch als ein Traumsymbol. Das Kreuz steht für das Fernweh, die Sehnsucht, die Abenteuerlust. Darum zieht es uns immer wieder dort hin." Franziska kann das gut verstehen. Seitdem sie Lentas kennen gelernt hat, ist sie viel offener für Träume, Traumsymbole und Sehnsucht. Vor ihrem Appartement gibt jeder ihr einen Gute-Nacht-Kuss auf die Wange. Beim Abschied bestärken sie Franziska darin, dass sie sicher nicht mehr lange auf Nicos warten muss.

„So eine wunderbare Frau lässt Nicos sicher nicht lange warten."

Doch kaum ist Franziska in ihrem Zimmer und blickt auf das Bett, da ist das wohlig-leichte und tröstende Gefühl schon wieder weg. Sie kann nicht anders, sie weint vor Enttäuschung. Warum muss sie jetzt hier allein sein?

-34-

Dimitris folgt der Frau, die er für sich „die Sünderin" nennt. Er sieht sie lachend mit zwei Männern zu ihrem Appartement gehen. Was sie wohl vorhat? Vielleicht ist sie so verdorben, dass sie es gleich mit zwei Männern treibt? Er beobachtet, dass sie sich von den Männern verabschiedet. Gleich drängt sich ihm eine andere Frage auf: „Ob sie diesen deutschen Männern schon von der Tonscherbe erzählt hat?"

Dimitris versteckt sich und lauscht. Paul verabschiedet sich mit einem Kuss: „Sei nicht traurig, so eine wunderbare Frau lässt Nicos sicher nicht lange warten."

Dimitris weiß jetzt, wie der Mann heißt, der wahrscheinlich auch eine Tonscherbe mitgenommen hat. Er scheint noch nicht gekommen zu sein und diese Frau scheint auf ihn zu warten. Dimitris überlegt, so leidenschaftlich, wie er dieses Paar im letzten Herbst erlebt hat, so etwas würde sich doch kein kretischer Mann ein zweites Mal entgehen lassen. Dieser Nicos würde also bald kommen. Er beschließt die Frau weiter zu beobachten.

Dimitris bleibt noch eine Weile vor ihrem Fenster stehen, sieht, dass sie Licht anmacht. Er sieht die Umrisse ihres Körpers. Er will sich beherrschen, doch wieder wird er erregt. Er fühlt, dass er von dieser Frau sich gleichzeitig angezogen und abgestoßen fühlt. Dann geht das Licht aus. Es ist still. Heute scheint Nicos nicht mehr zu kommen. Es scheint für ihn eine immer schwerere Prüfung zu sein, dieser Frau zu folgen und sie nicht seinem Willen zu unterwerfen. Er will nicht länger warten und beschließt, sobald dieser Nicos erschienen ist, zu handeln.

-35-

Dimitris geht durch den dunklen Ort. Er ist wütend, dass diese Frau es schafft, sein Verlangen und seine Begierde zu erwecken. Er stellt sich vor, diese Frau zu schlagen, zu erniedrigen und dann mit ihr zu schlafen. Er hält inne. Solche Gedanken sind verboten. Er darf so etwas nicht denken. Er versucht sich zu beruhigen. Dimitris kommt am Haus seines Bruders vorbei. Er sieht, dass dort noch Licht brennt. Früher wäre er jetzt hereingegangen und sie hätten noch ein Glas getrunken. Doch jetzt ist er mit seinem Bruder zerstritten. Ihm bleibt nichts anderes übrig, als zu seinem kleinen Haus zu gehen, in dem er allein wohnt. In der Küche hängt ein Kreuz. Er zündet eine Kerze an und kniet nieder. „Lieber Gott, verzeih mir meine lüsternen Gedanken. Ich will lernen, mich zu beherrschen, hilf mir. Ich werde dafür sorgen, dass diese Frau dir und dem Glauben an dich nicht schaden kann." Bevor er schlafen geht, duscht Dimitris kalt und als Buße verzichtet er auch diesmal auf sein geliebtes Glas Raki.

-36-

Franziska kann wieder schlecht einschlafen. Sie hat heute so viele schöne und aufregende Dinge erlebt und gleichzeitig sehnt sie sich so sehr nach Nicos. Wie schön wäre es, ihm den Oleander-Pfad zu zeigen, mit ihm auf der Terrasse zu sitzen und gemeinsam die Sterne zu sehen. Und am allerschönsten wäre es, wenn er hier bei ihr im Bett wäre. Sie möchte sich an ihn drücken und ihm ihre Lust und Begierde zeigen. Sie weiß, wenn er hier wäre, würde er wieder so ein wundervoller Liebhaber für sie sein.

Franziska hört ein Geräusch. Kommt Nicos? Sie geht ans Fenster. Es ist dunkel. Nur dieser alte Mann, der ihr schon öfters begegnet ist, geht an ihrem Appartement vorbei.

Hat das etwas zu bedeuten? Sie beschließt, nicht weiter nachzudenken, sondern zu versuchen einzuschlafen.

Am nächsten Morgen nehmen Paul und Klaus ihren Auftrag ernst. Sie gehen mit Michaelis zu der Ruine des Heiligtums. Sie lassen sich die Stelle zeigen, an der die Tonscherben verschwunden sind. Sie machen sich Notizen und Michaelis zeigt ihnen andere Scherben, die er gefunden hat, allerdings ohne die bedeutsamen Schriftzeichen.

Franziska sitzt im Café am Strand, als die drei Männer vom Heiligtum zurückkommen.

Sie setzen sich zu ihr und erzählen ihr von den Scherben. Michaelis zeigt ihr ein Blatt mit den Schriftzeichen, die er aus der Erinnerung nachgezeichnet hat.

Franziska sieht sofort, dass kein Zweifel besteht, dass sie und Nicos die gesuchten Tonscherben mitgenommen haben.

Was soll sie tun? Es ist jetzt Sonntag, Ostersonntag, die Chance, dass die beiden Scherben noch zusammenkommen, dass Nicos zu Ostern nach Lentas kommt, ist sehr gering. Soll sie das Mitnehmen der Tonscherben gestehen? Oder ihre Tonscherbe einfach wieder zurücklegen? Doch würde diese ohne die zweite Scherbe überhaupt noch wertvoll und nützlich sein?

Franziska beschließt für sich, lieber noch abzuwarten. Sie denkt, vielleicht besteht ja doch noch eine Chance auf ein Wiedersehen mit Nicos.

Dann könnten sie beide Tonscherben zurücklegen, wie vereinbart. Sie merkt, dass sich etwas in ihr wehrt, sich von ihrer Tonscherbe zu trennen, die sie so oft in der Hand gehalten hat, die in ihr die glücklichen Gefühle und Erinnerungen an Nicos wach rief. So ist sie froh, dass Michaelis damit beschäftigt ist, die Geschichte vom Verschwinden der Scherben zu erzählen. Sie hört zu und kann sein Englisch recht gut verstehen, denn er spricht trotz seiner Aufregung langsam: „Das Mosaik mit dem Pferdewesen ist einzigartig, doch leider wurde es ja bei der Suche nach der Schatzkammer zerstört. Merkwürdig ist, dass die Räuber genau wussten, wo die Schatzkammer war. Genauso seltsam finde ich es auch, dass diese wertvollen Scherben verschwunden sind. Ich hatte sie gerade erst gefunden, wollte nur meine Brille holen, um sie mir genauer anzusehen, da waren sie verschwunden, wie peinlich. Ich versuchte den Schriftzug aus der Erinnerung aufzumalen. Er bedeutet eine Danksagung an den Gott Asklepios. Diese Tonscherben sind etwas ganz Besonderes. Es muss nach der Überlieferung im Tempel eine Vielzahl von Danksagungen gegeben haben, die auf solchen Tontafeln geschrieben wurden. Jedoch sind hier in Lentas alle Tafeln verschwunden oder zerstört worden, auf denen eine Danksagung an den Gott Asklepios oder an seine Tochter Hygieia stand. Wir vermuten, dass die Tafeln im Altertum von den Christen zerstört wurden, die ja auch den Tempel zerstörten. Diese Christen wollten verhindern, dass Asklepios weiterhin als heilender Gott berühmt blieb. Nur Christus sollte als Heiland und Gott verehrt werden. Damit haben aber die Menschen nicht nur hier in Lentas etwas Wichtiges verloren, nämlich den Zugang zur Asklepios-Kultur. Die Scherbe mit der Danksagung könnte ein wichtiger Hinweis auf die Wirksamkeit der Asklepios-Kultur sein. Ich vermute, dass sie deshalb verschwinden sollte. Ich habe alles abgesucht, auch Leute befragt, die an diesem Tag die Ruine besuchten, ohne Erfolg. Es ist jetzt schon mehrere Monate her, dass die Scherbe verschwunden ist. Eigentlich hatte ich die Hoffnung aufgegeben, sie wiederzufinden. Aber in den letzten Tagen passierte etwas Seltsames: Mir erschien Asklepios im Traum und forderte mich auf, die Scherbe zu suchen, um seine Tradition zu ehren. Noch nie hatte ich von Asklepios geträumt. Es ist schon ein seltsames Erlebnis, wenn so ein Gott, dessen Ruine ich bewache, in meinem Traum erscheint. Ich wollte gerne wieder etwas unternehmen. Aber was sollte ich noch machen? Da fiel mir Paul ein. Er hatte sich bei seinem letzten Besuch besonders interessiert an der Asklepios-Kultur gezeigt und ich weiß, dass er gerne Rätsel löst. Nicht wahr!" Paul lacht. „So hoffe ich jetzt, dass du etwas findest, was ich übersehen habe, irgendeinen Hinweis, wo die Scherben sein könnten. Wie gut, dass du vorhattest, mit deinem Freund in den Süden zu reisen und ihr jetzt erstmal nach Lentas gekommen seid. Ich bin euch so dankbar für eure Hilfe."

Klaus und Paul zeigen Franziska Bücher, die sie über die Asklepios-Kultur mitgebracht haben. „Interessierst du dich auch für diese Kultur?", will Franziska von Klaus wissen. Er antwortet: „Ich schreibe zurzeit ein Buch über die Liebe, doch es wäre zu eng, dabei nur die christliche Tradition zu untersuchen, da finde ich es sehr interessant, auch die Asklepios-Kultur kennen zu lernen."

Franziska wird die Situation ziemlich unangenehm, was soll sie tun?

Wie kommt es, dass sie jetzt gerade mit den drei Männern zusammensitzt, die diese Tonscherbe suchen?

Sie blickt hoch zum Tempel. Plötzlich hört sie die Glocke der dahinterliegenden Johannes-Kapelle läuten. Es ist Ostern. Die Auferstehung Christi wird gefeiert, der Beweis seiner göttlichen Kräfte. Doch im Ort ist es ziemlich ruhig. Sie sieht nur einige Gläubige mit grünen Zweigen den Weg von der Kapelle herunterkommen. Sie wundert sich. Sie fragt Michaelis: „Feiern hier immer nur so wenige Gläubige das Osterfest?"

Er sieht sie an: „Bei uns in Griechenland ist Ostern ein großes Familienfest. Doch bei uns wird es erst in einer Woche gefeiert. Heute ist Palmsonntag."

Franziska stockt der Atem. Alles ändert sich. Es bleibt ihr noch eine Woche Zeit. Ein Treffen mit Nicos ist noch möglich. Ihr Herz macht einen Sprung voll Hoffnung und Freude. Wie gut, dass sie die Tonscherbe behalten hat. Sie hofft immer noch, dass sie die Kraft hat, Nicos wieder herbeizuzaubern.

-38-

Franziska will jetzt allein sein und geht zum Meer. Sie überlässt es Paul und Klaus zu überlegen, wie das rätselhafte Verschwinden der Scherben zu erklären sei.

Klaus holt sein Buch über die Liebe heraus. Und er erzählt Paul seine Gedanken: „Könnte das Verschwinden der Scherben mit Liebesbeweisen oder Liebessehnsucht zu tun haben? Wollte jemand Heilung finden und brauchte dazu die Scherben?"

Paul ist in sein Asklepios-Buch vertieft. Er fragt Klaus: „Was ist da wirklich in den Menschen vorgegangen, die von ihrer Heilung geträumt haben? War das Selbsthypnose, spontane Selbstheilung?"

Klaus sieht Paul an. „Was wäre eine Verbindung von beiden? Die Liebe zu sich oder die Liebe eines anderen hilft, so stark zu werden, dass eine Selbstheilung möglich ist. Um sich dieser Liebe bewusst zu werden, braucht es die Zeremonie, braucht es den Gott, braucht es Geduld und

Meditation, so dass man sich als geliebtes Wesen fühlen kann: durch Liebe gezeugt, von liebenden Menschen umsorgt, von einer wunderschönen Natur umgeben. Die magische Stärke der Schönheit der Natur könnte man an einem Ort wie diesem besonders empfinden." Paul lächelt: „Ich hoffe, du hast dich nicht in Franziska verliebt, denn gegen diesen Nicos hast du im Moment überhaupt keine Chance."

-39-

Franziska liegt am Strand und träumt.
Sie träumt von der Scherbe, die sie mitgenommen hat und nach der jetzt so heftig gesucht wird. Sie träumt von Hygieia, die ihr zuwinkt. Im Traum legt sie die Scherbe wieder zurück in das alte Heiligtum.
Sie wacht auf. Die Sonne brennt auf sie herab. Sie fühlt sich etwas benommen, aber sie weiß jetzt, was sie tun soll. Sie geht hoch zum Heiligtum. Niemand ist zu sehen. Sie setzt sich wieder an den Platz, an dem sie mit Nicos gesessen hat. Sie legt die Scherbe zurück. In dem Moment, in dem sie die Scherbe weglegt, veränderte sich etwas. Sie denkt voll Freude an Nicos, an seine Zärtlichkeit, seine Küsse, die Berührung ihrer Körper, ihre lustvolle Liebe. Doch Franziska ist dabei viel ruhiger, die brennende Flamme der Sehnsucht macht Platz für die Wärme der Liebe, die sie für Nicos empfindet. Sie fühlt ihre

Liebesbegegnung als ein einzigartiges Geschenk, das ihr keiner mehr nehmen kann. Sie fragt sich, ob es mit dem besonderen Platz beim Heiligtum zutun hat oder damit, dass sie die Scherbe „losgelassen" hat. Auf jeden Fall fühlt sie sich leichter, freier.

Und plötzlich sieht sie eine Gestalt den Weg zum Heiligtum hinaufgehen. Sie erkennt seinen Gang, und beim Näherkommen erkennt sie auch sein Lächeln, es ist Nicos.

-40-

In seinen Armen zu liegen und ihn lange zu küssen, das ist das wirkliche Ankommen für Franziska, es ist ein Wiederfinden. Der Kuss fühlt sich noch viel schöner an, als sie es immer geträumt hatte. Nicos lächelt sie an und legt seine Tonscherbe zu ihrer. „Wie schön dich wiederzusehen und in den Armen zu halten. Wie wunderbar fühlt es sich an, dich wieder zu spüren. Ich brannte schon voll Sehnsucht nach dir. Nicht nur wir, auch die beiden Teile der Tonscherbe sind jetzt wieder vereint." In diesem Moment könnte Franziska weinen vor Glück. Nicos küsst sie noch einmal: „Wir sollten uns schnell zurückziehen, was meinst du?" Das ist genau das, was Franziska will.

Doch bevor sie antworten kann, löst sie sich aus der Umarmung, irritiert durch eine Bewegung, die sie hinter sich spürt. Sie will sich umdrehen, doch da empfindet sie schon einen heftigen Schmerz. Sie verliert das Bewusstsein, fällt um. Dimitris hat sie mit einem Holzknüppel geschlagen. Er ist voll Wut auf die Sünderin und erfüllt von seiner Mission, die Tonscherben an sich zu bringen. Nicos will sich ihm entgegenwerfen, doch blitzschnell schlägt Dimitris wieder zu und trifft Nicos, der auch das Bewusstsein verliert und den Hang hinunterrollt. Dimitris fühlt Genugtuung, die beiden bestraft zu haben. Er will noch einmal zuschlagen, doch etwas stoppt ihn. Er blickt hinüber zur Kapelle und zittert. Er weiß, Christus will keine Rache. Seine Aufgabe ist es nicht zu strafen, seine Aufgabe ist es, die Religion zu schützen. Er bekreuzigt sich und nimmt schnell die Tonscherben an sich. Dimitris sieht, dass zwei Männer den Weg zum Heiligtum hinauf kommen. So verschwindet er schnell in Richtung Kapelle.

Als Paul und Klaus das Heiligtum erreichen, finden sie Franziska noch etwas benommen dort liegen. „Nicos, Nicos", stammelt sie: „Er ist endlich gekommen!" Die beiden verstehen nicht recht, was Franziska meint. Sie blicken sich um, außer ihnen und Franziska ist niemand im Heiligtum zu sehen. Falls Nicos hierher gekommen ist, ist er jedenfalls wieder verschwunden.

Gestützt auf die beiden Freunde geht Franziska langsam den Weg vom Heiligtum hinunter zum Ort. Sie erzählt ihnen, wie sie Nicos in den Armen gehalten hat, als der Schlag kam.

„Hast du den Mann erkannt, der dich niederschlug?", will Paul wissen. „Nein, ich merkte nur, dass jemand plötzlich hinter mir war, ein Schatten."

Franziska bleibt am Brunnen stehen. Sie wäscht sich den schmerzenden Kopf und trinkt von dem Quellwasser. Dann setzt sie sich neben den Brunnen und bittet die beiden Freunde, noch kurz hier zu bleiben. „Ich muss euch noch etwas gestehen. Nicos und ich haben im letzten Herbst Tonscherben mitgenommen. Ich weiß inzwischen, dass es die Tonscherben sind, die Michaelis sucht. Wir wollten uns ja Ostern wieder treffen und sie dann wieder zurückbringen. Die Tonscherben sollten eine Art Verbindung sein zwischen uns. Wir hatten sie gerade zurückgelegt, als wir niedergeschlagen wurden. Jetzt sind die Tonscherben wieder weg."

Paul sieht sie verdutzt an. „Du hast die ganze Zeit gewusst, wo sie sind und nichts gesagt!"

Franziska nickt. „Es war mir peinlich, sie mitgenommen zu haben. Außerdem habe ich gehofft, dass Nicos noch kommt und wir beide Scherben wieder zurücklegen können."

Franziska ist elend zumute. Sie spürt stechende Kopfschmerzen und eine tiefe Traurigkeit darüber, dass Nicos wieder verschwunden ist.

„Könnte es sein, dass der Mann nicht nur die Tonscherben, sondern auch Nicos in seine Gewalt gebracht hat? Was könnte er von Nicos wollen?"
Die beiden Freunde versuchen sie zu beruhigen.

„Ruh dich erstmal aus. Wir werden schon mal versuchen, herauszufinden, wo Nicos sein könnte. Vielleicht gibt es auch eine ganz andere Erklärung für sein Verschwinden. „Hast du ein Bild von ihm?"

Franziska schüttelt den Kopf. Dann nimmt sie ihr Tagebuch und zeichnet so gut sie kann das Gesicht von Nicos und gibt es Klaus. „Danke für eure Hilfe. Aber ich will mitkommen und Nicos mit euch suchen."

Doch da wird Franziska wieder von heftiger Übelkeit gepackt. Sie krümmt sich. Sie lässt sich überreden, sich erst einmal in ihrem Zimmer auszuruhen.

2. Teil: Verwirrungen

Dimitris betet in der nahen Kapelle und dankt Gott dafür, dass er seine Aufgabe erfüllen konnte. Er blickt auf die Tonscherben. Er legt sie zusammen und liest die Danksagung an Asklepios. Die eingebrannten Worte alarmieren ihn.

Es sollen nur Danksagungen an den Gott der Christen gerichtet werden. Götzen wie Asklepios haben keine Ehrung verdient.

Er weiß, wie sehr sich Michaelis über die Tonscherben freuen würde.

Doch er hat etwas anderes mit ihnen vor, als sie Michaelis zu zeigen. Er will seinen Pilgergang gehen und auch diese Scherben gut verstecken, damit sie kein Unheil anrichten können. Er will den langen Weg hoch in die Berge bewusst zu Fuß gehen, um als Pilger zur Bergkapelle zu kommen. „Ich habe die beiden niedergeschlagen, um meinen Auftrag zu erfüllen. Gib mir die Kraft, jetzt nicht mehr an diese Frau zu denken und mich vom sündigen Verlangen zu befreien, Amen." Er bekreuzigt sich, tritt hinaus und fühlt sich befreit. Jetzt ist seine Aufgabe bald erledigt.

Nicos wacht auf. Der Platz um das alte Heiligtum dreht sich noch vor seinen Augen und langsam kommt das Karussell zum Stehen. Er spürt starke Schmerzen am Bein und einen stechenden Kopfschmerz, ihm ist übel und schwindelig. Er versucht aufzustehen, doch es geht nicht. Erschöpft sinkt er nieder. Er tastet sein Bein ab. Es scheint nicht gebrochen zu sein, aber stark verletzt durch den Aufprall.

Es wird dunkel. Die letzten Sonnenstrahlen verschwinden hinter dem Löwenfelsen.

Er versucht wieder aufzustehen, aber er merkt, dass er Hilfe bräuchte. Wo ist Franziska? Was ist mit ihr passiert? Er spürt eine starke Angst. Er schreit laut ihren Namen. Vielleicht ist sie ja noch hier in seiner Nähe und kann ihn hören. Er lauscht, ob sie antwortet. Doch er hört nur das Rauschen des Windes und der Wellen. Kann man ihn von hier aus überhaupt hören? Er ruft noch einmal ihren Namen, horcht, doch wieder hört er keine Reaktion. Er sieht sich um. Niemand ist zu sehen, die Ruine des Heiligtums wirkt verlassen. Warum ist Franziska wieder gegangen? Hat sie ihn nicht dort unten liegen sehen? Oder ist ihr selbst noch Schlimmeres passiert?

Er wird unruhig. Vielleicht ist sie in Gefahr und er kann ihr nicht helfen.

Wieder versucht er aufzustehen. Doch ihm wird wieder schwindelig und gleichzeitig fühlt er einen brennenden Durst. Er versucht, sich zu orientieren. Er erinnert sich, dass er doch Wasser aus dem Brunnen mitgenommen hatte, bevor er zur Ruine gegangen ist. Der Gedanke daran wird quälend. Er ist so durstig.

Er richtet sich auf. Er weiß, dass er die Flasche abgesetzt hatte, um Franziska zu begrüßen und zu küssen.

Wie schön war es, sie wiederzusehen und jetzt liegt er hier voller Schmerzen und weiß nicht, wo sie ist und was mit ihr passiert ist.

„Warum nur hat uns dieser vermummte Mann niedergeschlagen?", grübelt Nicos.

Er erinnert sich an den Moment, als er seine Tonscherbe neben die andere Scherbe legte, an das glückliche Gefühl, als er Franziska in den Arm nahm, sie küsste und dann plötzlich das Chaos. Der Aufschrei von Franziska, ein vermummter Mann, der sie schlug, sein Versuch, sich auf den Mann zu stürzen und dann dieser Schmerz. Wo ist nur Franziska? Hoffentlich hatte der Mann ihr nicht noch mehr angetan. Was steckte wohl hinter dieser Gewalttat? Ob die Tonscherben so wertvoll sind? Die Gedanken drehen sich in Nicos schmerzendem Kopf und er fühlt sich hilflos. Was kann er tun? Nicos beschließt, zu versuchen, an den Platz zu gelangen, an dem sie niedergeschlagen wurden. Dort müsste noch seine Wasserflasche sein. Vielleicht könnte er dort auch einen Hinweis auf

Franziska finden. Auch könnte er nachsehen, ob die Tonscherben noch an ihrem Platz sind.

Mühsam versucht er sich hochzuziehen, ganz langsam schafft er es. Das Bein schmerzt stark. Auf allen vieren kriecht er Meter um Meter den Hügel hoch. Endlich kann er die Flasche sehen. Ein paar Meter noch und er hat sie erreicht. Er trinkt von dem Wasser und spürt, wie gut das tut. Ob Heilwasser oder nicht, jedenfalls hat es mich erst mal gerettet, denkt Nicos. Er sucht die Umgebung ab. Die Tonscherben sind verschwunden und auch Franziska ist nicht zu sehen.

Nicos fühlt, wie es ihm heiß wird, die Umgebung dreht sich, er sackt wieder zusammen.

-3-

Franziska liegt benommen in ihrem Zimmer. Die stechenden Kopfschmerzen sind nicht so schlimm, viel schlimmer ist die verwirrende Traurigkeit, die sie fühlt. Wie soll sie das plötzliche Verschwinden von Nicos verstehen? Sie fühlt noch seinen Kuss, seine Zunge in ihrem Mund, das aufkommende Verlangen. Wie hatte sie sich gefreut, wie glücklich war sie gewesen, ihn endlich in den Armen zu halten und jetzt ist er schon wieder fort.

Sie erinnert sich an den Schlag, der sie getroffen hat, dann die Dunkelheit.

Eine tiefe Leere breitet sich in ihr aus. Es ist schwer gewesen, die Sehnsucht nach Nicos auszuhalten, aber jetzt schon wieder auf ihn verzichten zu müssen, ist so grausam. Franziska weint.

Sie fragt sich voll Sorge, wo Nicos nur sein könnte? Ob ihm dieser Mann etwas angetan hat? Wo könnte sie nach ihm suchen?

Sie zwingt sich aufzustehen. Sie tritt auf den Balkon und sieht wie sich die letzten Sonnenstrahlen des Tages im Meer spiegeln. Es sieht wunderschön aus. Der Anblick gibt ihr Mut. Sie beschließt, sich ins Café am Strand zu setzen und nach Paul und Klaus Ausschau zu halten. Vielleicht haben die beiden mit ihrem Bild etwas anfangen können und schon etwas über das Verschwinden von Nicos herausgefunden.

Sie wischt sich die Tränen aus dem Gesicht, schminkt sich, damit ihr Gesicht nicht mehr so verweint aussieht und geht hinaus.

-4-

Thomas blättert einen Reiseführer von Kreta durch. Das helle Licht, das die Fotos zeigen, ist so ein Kontrast zu dem Wetter in Deutschland. Draußen regnet es in Strömen.

Er informiert sich im Internet: Kreta, Sonne, 24 Grad. Das klingt verlockend.

Ein Gedanke lässt ihn nicht los. Er könnte doch Franziska in Lentas besuchen.

Seit sie weggefahren ist, fühlt er sich unruhig. Sie hat ihm von Nicos, ihrer angeblichen großen Liebe erzählt. Er hält sie für ziemlich naiv. Sie kennt diesen Mann doch gar nicht. Vielleicht ist sie auf einen Hochstapler reingefallen. Gleichzeitig gefällt ihm der Gedanke gar nicht, dass seine Frau in dem Armen eines anderen liegt. Auch wenn wir uns getrennt haben, ist sie doch noch meine Frau, denkt er erregt. Ich habe ihr immer wieder geholfen. Allein ist sie doch so hilflos. Sicher nutzt dieser Nicos sie nur aus – und sie kann sich nicht wehren.

Doch warum soll ich mich noch weiter um sie kümmern, sie hat mich doch schließlich verlassen, denkt er voller Bitterkeit.

Eigentlich hat sie es ja auch verdient, schlecht behandelt zu werden.

Er ist unschlüssig und legt den Reiseführer wieder weg.

Er holt sein Notizbuch hervor. „Wie wäre es, wenn ich Sonja mal wieder anriefe", sagt er vor sich hin. Thomas hofft, dass Sonja für ein Abenteuer mit ihm offen ist.

Thomas saugt am Busen seiner Geliebten Sonja, der voll und drall ist, doch die erwartete Wirkung bleibt aus. Dies passiert ihm immer wieder seit seiner Trennung von Franziska.

Nichts kann ihn so richtig erregen. Auch als Sonja sich mit der Hand und Spucke um seinen Penis bemüht, passiert nichts. So bleibt ihm nichts anderes übrig, als sie mit der Hand zum Orgasmus zu bringen und zu warten, bis sie glücklich aufstöhnt.

In diesem Moment beschließt Thomas doch nach Kreta zu reisen.

Thomas verlässt mit seinem Mietwagen die Hauptstraße und fährt durch die Berge, immer neue Kurven, eine karstige Landschaft, Felsen, dazwischen Täler mit Weinbergen, Schafherden auf Weiden und unzählige Olivenbäume. Die Orte werden immer seltener, die Straße ist schmal und kurvenreich. Franziska scheint ans Ende der Welt gefahren zu sein. Was hat sie hier gesucht? Endlich sieht er ein Schild, das auf Lentas hinweist. Er fährt die engen Kurven hinunter und parkt seinen Mietwagen am Rande des Dorfes.

Der Dorfplatz wirkt ruhig, nur ein paar Autos parken hier. Ein Freak, bekleidet mit Samthose und bunter Weste, der aussieht, als ob er immer noch in den 70iger Jahren leben würde, holt sich am Dorfbrunnen Wasser. Thomas geht durch das Dorf. Er wundert sich. Diesen unscheinbaren Ort hat Franziska so toll gefunden. Hier ist doch nichts los. Ein paar weiße Häuser, ein paar Tavernen, ein kleiner Strand, mehr kann er nicht entdecken. Er setzt sich in eine Taverne am Strand, bestellt einen Kaffee. Thomas fragt die Frau, die ihm das Getränk bringt, nach Franziska. Sie versteht ihn jedoch nicht richtig und kann ihm nicht weiterhelfen.

Doch am Nebentisch sitzt ein Tourist. Thomas sieht, dass er in einem deutschen Buch liest. Er nimmt seinen Kaffee, und geht zum Nach-bartisch, fragt, ob er sich setzen darf. Der Mann sieht auf und nickt. Thomas fragt den Mann, ob er eine Frau namens Franziska in Lentas gesehen habe. Er beginnt, Franziska zu beschreiben. Doch bevor Paul etwas antworten kann, zeigt sich, dass Lentas zu klein ist, um jemanden lange suchen zu müssen. Schon geht Franziska grüßend und winkend auf das Café zu.

-7-

Als Franziska zum Strand kommt, sieht sie Paul im Café sitzen, sie winkt ihm zu, doch da stockt ihr der Atem. Dort sitzt auch ihr Mann, Thomas. Nein, der ist der letzte, den sie hier treffen will. Sofort macht sie kehrt. Die beiden Männer jagen ihr nach, aus recht unterschiedlichen Gründen.

Als Franziska das merkt, bleibt sie stehen, weil es ihr lächerlich vorkommt, einfach zu verschwinden.

Sie sieht Thomas giftig an. „Was suchst du denn hier?" Und zu Paul gewandt: „Hast du etwas damit zu tun?" Paul hebt abwehrend die Hand. „Ich habe ihn nicht herbestellt." Thomas versucht den Arm um sie zu legen. „Ich wollte dich so gern wiedersehen." Franziska schiebt ihn weg. „Ich brauche dich nicht hier. Ich will hier meine Ruhe haben." Zu Paul gewandt fragt sie beunruhigt: „Habt ihr schon etwas über Nicos herausgefunden?" Paul verneint. „Wir haben hier im Ort mit deinem Bild in den Tavernen und Geschäften nach ihm gefragt. Einige erinnern sich daran, ihn im Herbst hier gesehen zu haben. Jemand hat ihn auch heute aus dem Auto steigen und zum Heiligtum hochgehen sehen, aber mehr haben wir nicht herausgefunden."

Thomas hört mit Genugtuung, dass Nicos nicht da ist.

Er sieht Franziska forschend an: „Ich sehe doch, dass es dir nicht gut geht." Jetzt kann Franziska sich nicht mehr beherrschen und wieder laufen ihr Tränen über die Wange. Die Trauer und Enttäuschung darüber, dass Nicos wieder verschwunden ist, ist zu groß. Thomas nimmt ein Taschentuch und wischt ihr die Tränen ab. In diesem Moment verwandelt sich zu Pauls großer Verblüffung die starke Franziska in eine folgsame

Ehefrau. Sie lässt Thomas den Arm um sich legen und geht mit ihm zurück in ihr Zimmer.

-8-

Franziska hat sich einen Moment auf ihr Bett gelegt, ihr ist wieder etwas schwindelig geworden. Auch fühlt sie sich noch matt und angeschlagen.

Da legt sich Thomas neben sie und hält Franziska fest: „Zieh dich aus! Ich will mit dir schlafen."

Franziska sieht ihn entsetzt an: „Nein! Ich will keinen Sex mehr mit dir." Thomas lacht: „Was Nicos kann, kann ich noch viel besser, und ich bin dein Mann."

Thomas sieht die Angst in ihren Augen und endlich regt sich wieder etwas in seiner Hose.

„Zieh dich aus, sofort!" Sein Gesicht kommt näher, sie spürt seinen Atem. „Oder möchtest du lieber, dass ich dich ausziehe, na?"

Franziska wird übel und sie ekelt sich vor Thomas.

„Mir ist nicht gut!" ruft sie Thomas zu. Bevor er es verhindern kann, schnappt sie ihr Handy und verschwindet ins Bad.

Thomas fühlt erregte Vorfreude und reagiert zu spät. Er springt ihr nach, rüttelt an der Badezimmertür, doch Franziska hat sie zugesperrt. Er hört, wie sie telefoniert.

Als Paul und Klaus herbeieilen, um Franziska beizustehen, ist er schon verschwunden.

In die Bergkapelle sind schon viele Schätze aus dem Asklepios-Tempel gebracht worden. Diesen Platz hält Dimitris für geeignet, die Tonscherben in Sicherheit zu bringen.

Lange muss er zur Kapelle aufsteigen, schließlich ist es schon dunkel geworden und er leuchtet mit der Taschenlampe, um den Weg zu finden. Leise spricht er das Gebet: „Vater unser, der du bist im Himmel…"

Er fühlt sich müde und erleichtert, als er die Bergkapelle erreicht. Er versteckt die Tonscherben in einer Felsenspalte, dann kniet er nieder, um wieder zu beten: „Gott, nur du bist der einzige Gott, Christus, nur du bist mein Heiland, dir will ich dienen, verzeih mir meine Schwäche und nimm mich in Gnade als deinen Diener auf."

In diesem Moment beginnt ein Gewitter die Berge zu erschüttern. Blitze zucken, gewaltiges Donnergrollen folgt. Es ist, als ob sich noch ein anderer Gott zu Wort meldet, aber Dimitris wehrt den Gedanken ab: Da es Zeus nicht gibt, kann ihm nur der einzige wahre Gott ein Zeichen gesendet haben.

Draußen ist es jetzt dunkel. Jedoch wird der Himmel durch weitere Blitze erhellt, die folgenden Donner klingen heftig und bedrohlich.

Dimitris legt sich in der Bergkapelle nieder. Hier fühlt er sich sicher. Bis morgen früh will er bleiben.

-10-

Ein Blitz am Himmel weckt Franziska auf. Erschrocken setzt sie sich im Bett auf. Der Donner folgt laut knallend. Doch nicht nur das Gewitter beunruhigt sie. Sie hat wild geträumt. Im Traum rief Nicos nach ihr. Er wollte, dass sie ihm half. Sie sah ihn im Traum wieder im Heiligtum. Er rief ihr etwas zu, was sie nicht verstand. Was könnte der Traum bedeuten? Sie steht auf und wird unruhig. Sie will etwas unternehmen. Schnell zieht sie sich an und tritt hinaus auf den Balkon. Sie sieht noch einen Blitz am Himmel, der Donner kommt sofort hinterher. Er klingt bedrohlich. Das Gewitter ist sehr nah. Erschrocken geht sie zurück in ihr Zimmer. Franziska denkt nach. Das Gefühl, etwas Wichtiges übersehen zu haben, lässt sie nicht los. Sie erinnert sich noch einmal an die Szene beim Tempel.

Er kam auf mich zu, wir küssten uns. Ich fühlte den Schlag auf den Kopf, dann wurde alles dunkel.

Franziska hat den Impuls, noch mal zum Heiligtum zu gehen. Sie weiß, es ist verrückt, was soll sie mitten in der Nacht und bei diesem Gewitter dort machen.

Aber irgendetwas zieht sie dorthin. Vielleicht ruft Nicos wirklich nach ihr.

Franziska zieht sich eine Jacke an und geht hinaus.

Sie will überprüfen, ob der Traum ihr die Botschaft schicken will, dass Nicos doch noch beim Heiligtum ist.

-11-

Nicos wacht auf. Er spürt, dass es anfängt zu regnen. Er sieht einen Blitz und hört nah den Donner. Er will weg von hier.

Es kostet ihn große Anstrengung, sich aufzurichten. Er blickt sich um. Wenn er den überdachten Teil des Tempels mit dem Mosaik erreichen könnte, wäre er dort erst mal geschützt. Stöhnend kriecht er dorthin und zieht das schmerzende Bein nach. Immer wieder sieht er Blitze und den drohenden Donner. Das Gewitter ist direkt über ihm. Er beeilt sich. Kurz vor seinem Ziel merkt er, dass der Regen etwas nachlässt. Er hört ein Geräusch. Er blickt sich um und sieht eine Gestalt, die über den Zaun klettert, der das Heiligtum begrenzt. Sein Herz schlägt aufgeregt, als er die Gestalt erkennt: Sie ist Franziska.

Weder die nahen Blitze noch Nicos schmerzendes Bein können die beiden daran hindern, sich zu lieben. Jetzt wollen sie sich sofort die lang ersehnte Vereinigung schenken. In Nicos Augen sieht Franziska so schön aus wie eine griechische Göttin. Er begehrt sie sehr. Ihre Haare und Kleider sind nass, ihre Gestalt wird vom Licht eines weiteren Blitzes erleuchtet. Er wird gepackt von einer wilden Lust darauf, sie sofort zu lieben. Er zieht sie an sich. Er hilft ihr, die störende und nasse Kleidung abzustreifen. Franziska bückt sich zu Nicos hinunter, streichelt ihn, küsst ihn. Er streckt sein schmerzendes Bein zur Seite. Sie setzt sich auf ihn. Er zieht sie ganz nah an sich, dringt in sie ein. Sie bewegt sich auf ihm auf und ab. Er umfasst sie, küsst sie, sie werden heftiger und wilder. Sie lieben sich wie im Rausch. Ihre Liebe ist wie ein heiliges Ritual zur Ehre der Götter.

3. Teil: Suche

„In der Liebe machen wir uns immer nur ein Bild von dem anderen, ein Idealbild, das zerstört wird, je näher man sich kennt. Deshalb ist das absolute Liebesideal die Liebe aus der Ferne." Dies liest Klaus aus seinem Buch vor und er ergänzt: „Das böse Spiel, das Thomas gestern mit Franziska getrieben hat, hat mich wieder darin bestätigt, wie so ein Idealbild zerstört werden kann." Der Montag ist ein besonders warmer Frühlingstag. Klaus und Paul sitzen am Strand in der Sonne. Trotz der angenehmen Wärme blickt Paul finster drein. „Ich rate Thomas, mir nicht zu nahe zu kommen", ereifert er sich, „so die Schwäche einer Frau auszunutzen, nachdem sie erst vor kurzem von jemandem niedergeschlagen wurde, das kann ich nicht verstehen. Glaubst du wirklich, dass er sie mal geliebt hat?"
Klaus blickt von seinem Buch auf und nickt. „Das Komplizierte dabei ist, dass Thomas Franziska nicht mehr liebt, aber auch nicht will, dass sie von einem anderen geliebt wird. Er kann sie noch demütigen. Er hat noch Macht über sie. Das merkt er und das gefällt ihm. Das Beste, was wir

für Franziska tun können, wird sein, herauszufinden, wohin Nicos wieder verschwunden ist. Ich verstehe nicht, warum Franziska so brutal niedergeschlagen wurde, gerade in dem Moment, als sie Nicos wieder traf. Glaubst du, das war auch Thomas? Wollte er das Zusammentreffen von Franziska mit ihrem Geliebten verhindern?"

Paul denkt nach. „Thomas hat sich im Café bei der Wirtin und bei mir nach Franziska erkundigt. Ich glaube nicht, dass er schon länger in Lentas war und Franziska und Nicos niedergeschlagen hat. Auch hätte ihn Franziska wohl erkannt.

Hier geht es wohl nicht um die gekränkte Ehre eines Ehemanns. Ich denke eher, dass das Verschwinden von Nicos mit dem Verschwinden der Tonscherben zu tun hat. Wenn ich Michaelis richtig verstanden habe, sollten die Tonscherben ja eine wichtige Botschaft enthalten, eine Danksagung an Asklepios. Könnte es sein, dass jemand gerade das verhindern will, die Erinnerung an die Heilungen des Asklepios wiederzubeleben? Vielleicht finden wir Nicos, wenn wir herausfinden, wer die Tonscherben weggenommen hat und wo sie sind."

Klaus gibt ihm recht. „Doch wo wollen wir noch nach den Tonscherben suchen?"

„Wir sollten zur Johannes-Kapelle gehen", meint Paul, „dort sind ja verschiedene Teile des alten Tempels integriert, Säulen und Steine. Was wäre, wenn die Tonscherben auch in eine christliche

Kirche integriert oder versteckt werden sollten, vielleicht hinter einem christlichen Symbol verborgen oder so, dass nur das Wort „Gott" zu sehen wäre, das könnte auch als Hinweis auf Jesus gedeutet werden. Wenn ich Michaelis richtig verstanden habe, dann haben sich die Christen gern der alten Erinnerungsstücke an Asklepios bedient, um sie für ihren Glauben zu benutzen."

Wie nah Paul und Klaus der Lösung schon gekommen sind, ahnen sie nicht. Sie können auch nicht wissen, dass Franziska und Nicos schon gemeinsam ihr Wiedersehen feiern, weit davon entfernt ein Idealbild zu zerstören.

-2-

Paul und Klaus gehen den Weg hoch zur Johannes-Kapelle. Als sie dort ankommen, haben sie Glück. Die Kapelle ist für eine Gruppe von Touristen geöffnet worden. Sie können mit den anderen Touristen hineingehen. Sie sehen sich in der kleinen Kapelle um. Es gibt Bilder von Heiligen, von Maria mit dem Kind, einen großen, mit Sand gefüllten goldenen Ständer, in den jeder Gläubige Kerzen stecken kann. Doch keinerlei Tontafeln sind im Inneren der Kapelle zu sehen.

Der Reiseführer der Touristengruppe treibt zur Eile. „Kommen Sie, ich will die Tür wieder abschließen. Ich habe mit der Gruppe noch einen weiteren Programmpunkt vor. Wir wollen noch zur Bergkapelle hinauf."

Paul erinnert sich an die Bergkapelle. Michaelis hatte ihm diesen einmaligen Platz in den Bergen gezeigt. Dort ist in eine Grotte eine Kapelle gebaut worden. Auch hat er ihm Säulen und die Marmorplatte gezeigt, die von Christen aus dem Asklepios-Tempel dorthin gebracht worden waren, um die Kapelle zu verzieren.

„Lass uns auch dort hinfahren und nach den Tonscherben suchen", schlägt er vor.

-3-

Dimitris schläft auf dem harten Boden in der Bergkapelle. Er träumt von den Trümmern eines alten Tempels. Dort sieht er die Tonscherben liegen, die er heute genommen und versteckt hat. Doch die Schriftzeichen verändern sich. Plötzlich sind auf den Tonscherben zwei Gesichter zu sehen. Er hört eine Stimme. Sie fordert ihn auf, sich zu entscheiden, welches Gesicht das des wahren Gottes sei. Doch beide Gesichter sehen sich ganz ähnlich. Er weiß keine Antwort. Er weiß nicht, wie er das Gesicht Gottes erkennen kann. Er schweigt. Die Stimme lacht ihn aus. Schweißgebadet wacht er auf.

Ein Sonnenstrahl weckt Franziska. Sie sieht Nicos zärtlich an, der jetzt endlich wieder neben ihr in ihrem Zimmer liegt. Der Weg vom Tempel hierher war mühsam gewesen, aber sie haben es schließlich geschafft. Erschöpft waren sie eingeschlafen.

Jetzt scheint die Sonne auf seine dunklen Locken und sie will sein Gesicht berühren, küssen und sich an ihn drücken. Ein tiefes glückliches Gefühl durchströmt sie. „Er ist jetzt bei mir, wir sind jetzt wirklich hier zusammen, endlich!" Sie fühlt sich so leicht und frei, beflügelt, und sie kann sich nicht mehr zurückhalten. Sie küsst ihn sanft, hoffentlich, denkt sie, hoffentlich bleibt diesmal etwas mehr Zeit für uns.

Nicos erwidert ihren Kuss und richtet sich auf. „Stell dir vor, die Schmerzen sind weniger geworden", berichtet er Franziska erfreut. „Ob Heilwasser oder Sex, beides zusammen wirkt jedenfalls gut." Er lacht: „Komm her, wir wollen noch einmal etwas für unsere Gesundheit tun." Genau das ist es, was sich Franziska jetzt von Herzen wünscht.

Franziska steht auf und zieht sich an. Es fällt ihr schwer, sich aus den Armen von Nicos zu lösen. Doch sie will jetzt Paul und Klaus anrufen, um ihnen mitzuteilen, dass Nicos wieder da ist. Sie geht zu ihrem Handy und wählt die Nummer von Paul, danach die von Klaus. Keiner hebt ab. Auch Nicos ist jetzt aufgestanden.

Franziska hat schon Kaffee gekocht. Sie sitzen auf dem Balkon in der Sonne.

Franziska hält Nicos Hand. Sie kann es immer noch nicht ganz glauben, jetzt wirklich hier neben ihm zu sitzen. Ihr sehnsüchtiger Wunsch hat sich erfüllt.

„Verstehst du das, warum wir niedergeschlagen und die Tonscherben weggenommen wurden?"

Nicos sieht sie nachdenklich an. „Vielleicht sind sie wertvoller als ich dachte? Nach dem, was du mir von Michaelis erzählt hast, scheinen diese Tonscherben mit der Inschrift hier in Lentas ja einzigartig zu sein."

„Doch warum musste jemand so brutal vorgehen, um die Tonscherben an sich zu bringen?" Franziska versteht es nicht.

„Vielleicht steckt noch etwas anderes dahinter", überlegt Nicos. „Vielleicht verstehen wir mehr, wenn wir die Tonscherben wiedergefunden haben."

Franziska erzählt Nicos von ihren beiden Freunden Paul und Klaus, ihrer Begegnung in der Bar und der Aufgabe von Paul, für Michaelis nach den Tonscherben zu suchen. „Du kannst dir gar nicht vorstellen, wie unangenehm es war, mit der Tonscherbe in der Tasche neben ihnen zu sitzen und nichts zu sagen.

Aber ich hatte ja nur die eine Hälfte, ich wollte warten, bis auch du zurückgekommen bist. Inzwischen habe ich ihnen natürlich erzählt, dass wir die Tonscherben mitgenommen hatten. Wahrscheinlich suchen die beiden schon weiter nach den Tonscherben und vor allem nach dir."

Sie wählt wieder die beiden Handynummern, aber ohne Erfolg.

„Oh, da haben wir ja für viel Aufregung gesorgt", meint Nicos betroffen.

„Lass uns jetzt zusammen etwas wegen deines Beines unternehmen", schlägt Franziska vor.

„Gibt es hier irgendwo einen Arzt, der dein Bein behandeln kann?" Nicos sieht sie nachdenklich an. „Das ist hier nicht ganz einfach, denn die Ambulanz vor Ort ist nicht besetzt. Die nächste Praxis ist in Mires. Das ist fast 40 Minuten entfernt. Doch ich könnte Costas anrufen, das ist der Arzt aus Mires, mit dem ich befreundet bin und mit dem ich letztes Jahr hier war."

Nicos wählt Costas' Nummer und erreicht ihn. Er hat Glück. Costas ist bereit, herzukommen. Sie wollen ihn als Dank zum Essen in die Taverne einladen. Langsam gehen sie los. Nicos stützt sich auf Franziska. In der Taverne warten sie auf Costas. Beide genießen die gemeinsame Zeit. So können sie in der Sonne sitzen, sich ansehen, streicheln, küssen und zusammen sein. Das Warten auf Costas dauert lange. Auch nach einer dreiviertel Stunde ist er noch nicht gekommen.

Nicos blickt Franziska nachdenklich an: Ich glaube, ein Arzt könnte in Lentas den Sommer über ganz nützlich sein."

Franziska sieht ihn an: „Du überlegst, hier eine Praxis zu gründen?"

„Ich denke schon länger darüber nach wieder nach Kreta zurückzukehren und ich habe erfahren, dass sie hier für Lentas und die umliegenden Orte einen Arzt suchen. Doch im Moment will ich gar nicht an Arbeit denken. Ich bin so glücklich, dass wir hier zusammen sein können."

Nicos küsst sie zärtlich. „Und", so fährt er fort, „ich will dich nie wieder hergeben."

Franziska strahlt. Auch sie hat sehnsuchtsvoll gefühlt, wie viel er ihr bedeutet. „Damit bin ich einverstanden", antwortet sie. „Allerdings es wird nicht ganz einfach, denn ich muss ja auch wieder zurück nach Deutschland."

„Wenn unsere Liebe stark genug ist, werden wir das schaffen." Nicos strahlt sie an. In diesem Moment kann Franziska überhaupt nicht daran zweifeln.

-6-

Thomas sitzt mit schlechter Laune in einer Bar am Strand und beschließt, soviel Wein und Raki zu trinken, bis er nicht mehr an Franziska denken muss. Er empfindet eine tiefe Wut darüber, wie Franziska ihn behandelt hat. Das hätte so ein spannendes Sex-Spiel werden können. Stattdessen hat sie ihn vor ihren Freunden als „Unhold" dargestellt. Er fühlt sich von ihr bloßgestellt und blamiert. Was war das bloß für eine hirnrissige Idee, Franziska in dieses Kaff nachzureisen. Er denkt daran, bald von hier abzureisen, in ein großes Hotel an der Nordküste zu wechseln, und endlich wieder eine Frau zu finden, die es verdient hat, dass er sich auf sie einlässt. Mit diesem Beschluss geht es ihm schon etwas besser und er bestellt noch mehr Wein und Raki. Da fällt ihm eine schöne Frau am Nebentisch auf. Sie ist zierlich, hat einen warmen Blick und wunderschöne braune Augen. Claudia blickt zu ihm herüber. Er lächelt sie an: „Willst du ein Glas Wein mit mir trinken?" Eigentlich trinkt Claudia tagsüber keinen Wein, aber heute fühlt sie sich allein. Franziska ist nicht zu sehen, andere Bekannte auch nicht und der Fremde aus Deutschland wirkt nett. Sie setzt sich zu ihm und erzählt ihm von Lentas. Thomas gefällt ihre Begeisterung, ihre weibliche Figur, ihr Lächeln. „Lass uns hinunter zum Meer gehen", schlägt er vor.

-7-

Nicos freut sich sehr, als Costas endlich eintrifft und sein Bein behandelt. Während Costas das Bein mit einem Streckverband verbindet, tauschen sie die neuesten Nachrichten aus. Dann

114

probiert Nicos aus, wieder zu laufen und lacht. „Wie gut, dass du gekommen bist, es geht so viel besser als vorher." Während die beiden Freunde miteinander scherzen, ist Franziska durch ein ungewöhnliches Bild abgelenkt. Thomas und Claudia gehen zusammen am Strand entlang, Thomas legt zärtlich seinen Arm um Claudia und er lächelt sie an mit einem Lächeln, das sie bei ihm während der letzten Ehejahre nie mehr gesehen hat.

Der Kellner bringt das Essen. Nicos und Costas lassen es sich schmecken und scherzen weiter miteinander. Doch Franziska merkt, dass sie kaum noch Appetit hat.

„Ausgerechnet Claudia", denkt sie und überlegt, warum ihr das immer noch etwas ausmacht, dass Thomas Claudia so zärtlich ansieht und sie selbst so schlecht behandelt hat.

Nachdem Costas sich verabschiedet hat, erzählt Franziska Nicos von ihrer Begegnung mit Claudia. Wie diese ihr geholfen hat, sie von der sehnsüchtigen Suche abzulenken und wie sie ihr beigebracht hat, dem Meer zu lauschen und eine Botschaft darin zu hören.

Und dann erzählt sie ihm auch von ihrer letzten Begegnung mit Thomas.

Nicos Augen blitzen zornig, als er hört, wie Thomas mit Franziska umgegangen ist.

Sie reden weiter über ihre bisherigen Liebeserfahrungen, Enttäuschungen und Verletzungen und nehmen sich immer wieder an die Hand, wie um sich zu vergewissern, dass es jetzt anders ist. So bleiben sie noch lange in der Taverne sitzen. Die Sonne geht schon unter und verschwindet hinter dem Löwen.

-8-

Thomas flüstert Claudia ins Ohr: „Zieh dich aus!" Sie lacht und sieht ihn an. Er blickt sie entschlossen und männlich an. Claudia fühlt sich etwas benommen von dem Wein, den sie zuerst in der Taverne am Strand und nachher noch auf der Terrasse des Appartements getrunken haben. Gleichzeitig ist sie mutig genug, um ein Abenteuer zu wagen. Ist jetzt der Moment gekommen, von dem ihr das Meer erzählt hat?
Sie steht auf, geht ins Innere der Wohnung und öffnet langsam den Reißverschluss ihres Rocks, zieht ihn hinunter. Thomas blickt auf ihren Slip, auf ihren Po, ihre langen schlanken Beine. „Komm her!" Er zieht sie zu sich. Claudia genießt seinen begehrenden Blick. Sie zieht ihr T-Shirt und ihren BH aus. Thomas streichelt und küsst ihre Brüste. Plötzlich ist seine Lust groß und sein Verlangen stark und sein Penis wieder steif. Claudia gehorcht allen seinen Wünschen und er merkt, dass sie seine männlich dominante Rolle genießt. Er dreht sie um, zieht ihr den Slip aus, spreizt ihre Beine und zeigt ihr, dass er sie in einer für sie bisher unbekannten Stellung lieben möchte. Er stellt sich hinter sie und dringt von

116

hinten in sie ein. Claudia genießt seine heftige Begierde, verliert den Überblick, gibt sich ihm hin, gehalten von seinen starken Händen.

-9-

Paul und Klaus parken ihr Auto am Straßenrand. Ein Schild weist auf die nahe Bergkapelle hin, die von hier aus nur zu Fuß zu erreichen ist. Vor dem Felsen, in die sie gebaut wurde, bleiben sie stehen, beeindruckt durch den Blick über das Tal zu den nahen Bergen. Paul zeigt Klaus die Überreste aus dem Asklepios-Heiligtum, die hierher gebracht wurden: die Marmorplatte, die Säule. Sie hoffen, am richtigen Ort zu sein. Zuerst suchen sie lange im Inneren der Bergkapelle, dann am Vorplatz zur Kapelle nach den Tonscherben. Verborgen durch einen Felsen beobachtet Dimitris die beiden. Er ist bereit, die Scherben den beiden wieder abzunehmen, falls sie sein Versteck finden, notfalls auch mit Gewalt. Obwohl Paul und Klaus intensiv suchen, finden sie die Tonscherben nicht. „Da hab ich mich wohl geirrt", seufzt Paul. Hinter seinem Felsen freut sich Dimitris darüber und denkt, dass Gott das Versteck schützt.
Enttäuscht gehen Paul und Klaus zurück zu ihrem Leihwagen. Auch der wunderbare Blick über die Berge kann sie nicht dafür entschädigen, dass sie ohne die Tonscherben nach Lentas zurückkehren müssen.

In Lentas angekommen, bleiben Paul und Klaus überrascht vor der Taverne am Strand stehen. Dort sitzt ein sehr vergnügt aussehender Mann neben Franziska und blickt sie verliebt an. Auch ist zwischen dem Mann und dem Bild, das Franziska gemalt hat, eine Ähnlichkeit zu erkennen. Ihnen ist sofort klar, dass dieser Mann nur Nicos sein kann. Paul und Klaus gehen auf die beiden zu und sind gerührt, denn sie bemerken sofort das starke Gefühl der gegenseitigen Anziehung, das dieses Paar ausstrahlt. Paul und Klaus lächeln sich wissend zu und dann geben sie lächelnd Nicos die Hand. „Du bist sicher Nico, jetzt brauchen wir also nicht mehr nach dir zu suchen.", begrüßt ihn Klaus und Paul ergänzend neckend: „Was machst du für Sachen, erst Franziska warten lassen, dann zu kommen und sofort wieder zu verschwinden?"
Franziska bemerkt erleichtert, dass sich die Männer sympathisch finden.
„Ich habe vergebens versucht, euch auf dem Handy zu erreichen", berichtet sie entschuldigend.
Nicos erzählt Paul und Klaus, wie er niedergeschlagen wurde und den Hang herunter gerollt war, wie er im Gewitter dort gelegen hatte, mit seinem verletzten Bein nicht allein weggehen konnte und wie Franziska ihn fand.

„Als ich heute Nacht den Blitz sah, ist mir ein Licht aufgegangen, wo Nicos sein könnte", bemerkt Franziska lachend.
Nicos bestellt für alle Wein, um sich für die Anteilnahme und die Suche nach ihm zu bedanken.

-11-

Klaus blickt in sein Glas und denkt an das Buch, das er über die Liebe schreibt. Er sieht Nicos nachdenklich an: „Warum hast du zum Abschied ausgerechnet die Tonscherben mitgenommen und eine der beiden Franziska gegeben?"
Nicos seufzt, als er beginnt zu erzählen. „Die Tonscherben mitzunehmen, das war ein ganz spontaner Impuls. Nie hätte ich gedacht, dass das so viel Verwirrung mit sich bringen würde. Gleichzeitig hatte dieser Impuls eine tiefere Bedeutung. Bevor ich Franziska kennen lernte, war ich sehr enttäuscht worden. Ich konnte mir nicht mehr vorstellen, mich wieder zu verlieben. Doch die Tage mit Franziska waren so schön, dass ich es gar nicht fassen konnte. Ich erlebte unser Zusammensein so, als gehörten wir zusammen, als hätte ich endlich die „Richtige" gefunden. Doch ich wollte uns Zeit lassen, überprüfen, ob der Zauber über den Winter hält. Ich hatte Angst, mich zu täuschen. Als ich die Tonscheiben sah, dachte ich, es könnte wie ein Orakel sein. Wenn wir sie nächstes Jahr wieder

nach Lentas bringen, dann wird unsere Liebe halten."

Klaus fällt ein neuer Zusammenhang auf. Die Tonscherben enthalten nicht nur eine Danksagung an Asklepios, sie haben auch die Liebenden wieder zusammengeführt. Er merkt, wie wichtig es inzwischen auch für ihn geworden ist, die Tonscherben zu finden.

Im Laufe des Abends werden noch einige Gläser Wein geleert.

Nachdem sie die Rückkehr von Nicos gefeiert haben, stoßen sie auf ihre Gesundheit an, dann auf Asklepios, auf die Liebe und schließlich auf die neu begonnene Freundschaft. Klaus meint dabei zu Nicos: „Du bist der erste Mann, nach dem wir gesucht haben, ohne ihn zu kennen. Wie schön, dass du der „Auserwählte" von Franziska bist. Dir gönne ich das Vergnügen."

-12-

Am nächsten Tag ist es immer noch unge-wöhnlich warm und sonnig für einen Frühlingstag. Franziska freut sich darauf, baden zu gehen. Sie geht schon hinunter zum Strand, Nicos will nachkommen.

Franziska spürt die Wärme auf der Haut. Sie genießt es, in der Sonne zu liegen. Sie schließt die Augen und freut sich schon auf die Zärtlichkeit, die sie mit Nicos wieder erleben kann.

Da sieht Franziska Claudia am Strand entlang kommen.

Sie winkt ihr zu. Claudia setzt sich zu ihr.

„Stell dir vor, Nicos ist doch noch gekommen." Diese freudige Neuigkeit erzählt Franziska zuerst, „ich hab mich doch nicht in ihm geirrt."

Claudia will sie freudig umarmen, doch Franziska weicht aus. Sie will erst etwas klären.

„Weißt du eigentlich, mit wem du gestern am Strand spazieren gegangen bist."

„Natürlich, er heißt Thomas." „Ja, und er ist mein Mann."

Claudia sieht sie überrascht an. „Das gibt es doch nicht, wirklich?"

„Ja, wirklich. Ich verstehe nur nicht, warum er mir nachgereist ist, jedenfalls wollte er mich sogar vergewaltigen."

Doch Claudia hat so einen anderen Eindruck von Thomas, dass sie Franziska das nicht glauben kann. „Vergewaltigen? Das meinst du doch nicht ernst!"

„Doch, er wollte mich zwingen, mit ihm zu schlafen!"

„Kann es sein, dass ihr euch nur missverstanden habt? Auf mich wirkt er zwar sehr männlich, auch dominant, aber doch sehr liebevoll."

„Nein, das war kein Missverständnis. Merkst du denn nicht, dass Thomas nur an sich denkt?", stöhnt Franziska, „Wünsche und Bedürfnisse anderer spielen für ihn keine Rolle."

„Es kann ja sein, dass ihr nicht so gut zusammen passt, dass er sich dir gegenüber falsch benimmt. Aber zu mir ist er bisher sehr, sehr nett."

Claudia dreht sich zu Franziska um und blickt sie an. „Bist du jetzt sauer auf mich, dass ich mich auf ihn eingelassen habe?"

„Ach, nein, du kannst ihn hundertmal geschenkt haben! Aber jetzt habe ich keine Lust mehr, an Thomas zu denken, das macht mich nur wütend." Franziska steht auf. „Willst du auch schwimmen?"

Claudia verneint, sie braucht etwas Ruhe. Sie will darüber nachdenken, warum Franziska und sie so unterschiedlich über Thomas denken. Hoffentlich hat sie sich in ihm nicht getäuscht. Sie war so glücklich mit ihm und sie glaubt, dass er die Liebe ist, von dem ihr das Meer erzählt hat. Nie hätte sie gedacht, dass er der gefühlskalte Mann sein könnte, von dem ihr Franziska erzählt hat.

Franziska geht allein zum Meer und schwimmt lange. Als sie zurückkommt, sieht sie gerade noch, wie Claudia und Thomas Arm in Arm vom Strand weggehen.

Auf einen Stock gestützt humpelt Nicos auf sie zu und trocknet sie ab. Dann verteilt er Sonnenöl auf ihrem Körper und massiert es ein. Sie spürt seine starken, kundigen Hände auf ihrem Körper und all der Ärger über Thomas ist schnell verflogen. Sie schließt die Augen und genießt.

So entspannt kann sie dann auch ganz gut ertragen was ihr Nicos erzählt.

„Vorhin bin ich Thomas begegnet. Er muss am Strand auf mich gewartet haben.

Plötzlich stand er vor mir und sprach mich an. Er wollte mich provozieren, fragte mich, was ich von dir wolle. Ich versuchte höflich zu bleiben, obwohl ich große Lust gehabt hätte, ihm in sein lachendes Gesicht zu schlagen. Da reist er dir nach, will dich zum Sex zwingen und macht mich dann auch noch an. Ich meinte dann zu ihm, wie armselig er doch sein müsse, so mit dir umzugehen, und dass ich etwas von dir wolle, das ginge nur mich und dich etwas an. Er behauptete, sein Übergriff sei nur ein Missverständnis gewesen. Und da sagte ich noch, er soll sich lieber verziehen, sonst könnte es ein weiteres Missverständnis geben. Ich glaube, ich habe ihn ziemlich grimmig angesehen, denn er hat sich verzogen. Oh, Franziska, so einen Ehemann hast du wirklich nicht verdient."

-13 –

Tom sieht Claudia und Thomas am Meer entlang gehen. Sie scheinen in ein ernstes Gespräch vertieft. Hat sie ihre Liebe gefunden, fragt er sich? Tom stellt sich auf den Kopf und sieht sich die beiden in dieser Stellung an. Es ist für ihn leichter, Thomas nicht begrüßen zu müssen.

Doch er hört trotzdem, wie die beiden diskutieren.

„Wolltest du Franziska vergewaltigen?", will Claudia wissen.

„Nein!" Thomas sieht sie entsetzt an, „ich wollte sie nur trösten. Sie war so durcheinander, weil Nicos wieder verschwunden war. Du musst wissen, Franziska ist ein schwieriger Mensch. Sie bringt, was unsere Beziehung angeht, einiges durcheinander."

Claudia will ihm glauben. Seine Nähe tut ihr so gut. Sie kuschelt sich an ihn.

„Dann hat sie das wohl falsch verstanden."

Thomas nimmt sie in den Arm und küsst sie lange.

„Du bist eine wunderbare Frau, wie toll, dass wir uns hier gefunden haben."

Tom fühlt eine tiefe Enttäuschung in sich aufsteigen. Claudias Nähe wird ihm in der Nacht fehlen, und mehr als das.

Tom beginnt wieder seine Reise in die innere Welt anzutreten. So kann er die äußere Welt und die Enttäuschungen vergessen.

-14-

Abends treffen sich Nicos und Franziska mit Paul und Klaus zum Abendessen wieder in der Taverne. Das Essen duftet, der Wein schmeckt ihnen. Es ist warm und sie können sehen, wie sich der Mond im Wasser des Meeres spiegelt.

Franziska ist glücklich, hier mit Nicos und ihren beiden Freunden zu sitzen. Doch Klaus ist nicht ganz zufrieden. Er flucht: „Wo können nur diese verdammten Tonscherben sein?" Etwas schuldbewusst sehen Franziska und Nicos sich an.

Paul sieht nachdenklich vor sich hin. „Wem könnten die Scherben so wichtig sein, dass er euch niederschlägt? Oder lebt ihr hier nur eure Liebe zu freizügig aus und es gibt jemanden, dem das nicht gefällt?"

Franziska weiß darauf keine Antwort. „Ich habe keine Ahnung, wer es auf uns abgesehen hatte." Sie sieht Nicos an. „Du hattest mir doch heute Nachmittag von einer Idee erzählt, wie wir weiterkommen könnten."

Nicos gießt Wein nach, prostet den Freunden zu und beginnt zu erzählen:

„Als ich so hilflos bei der Ruine lag, kam mir der Gedanke, wie wohl früher die Heilung im Schlaf funktioniert hat. Wäre jemand von euch zu einem Experiment bereit? Wie wäre es, wenn wir in der Tempelruine übernachten würden. Wir bereiten uns vorher darauf vor und warten dann auf die geeigneten Träume, vielleicht verrät uns ja Asklepios, wo die Tonscherben sind?"

Klaus findet die Idee interessant:" „Wie stellst du dir die Vorbereitung auf so ein Experiment vor?"

„Wir trinken etwas von dem Heilwasser, geben eine Gabe an Asklepios und an Hygieia – wie zu den alten Zeiten - und dann müsste eigentlich das

Theater folgen, damit man Abstand bekommt und frei wird für neue Träume. Wir könnten das ja irgendwie ersetzen", schlägt Nicos vor.

„Was wäre, wenn jeder von uns eine Geschichte erzählt?", Klaus gewinnt immer mehr Gefallen an der Idee.

„Das wäre interessant." Nicos denkt nach. „Früher ging es um den Kampf zwischen Gesundheit und Krankheit – jetzt könnte es um unseren Zugang zu der „Heilung" gehen."

Paul versteht nicht ganz. „Warum um unseren Zugang? Geht es nicht um die Forschung, um die Geschichte? Um den Erhalt von antikem Wissen?"

„Nein!" Nicos sieht es anders: „Wenn es in uns nichts auslöst, dann würde der Asklepios - Heilungsgedanke nichts anderes sein als ein Gruß aus der Vergangenheit. Doch wenn wir unsere eigenen Geschichten erzählen, könnten wir ausprobieren, ob so eine Zeremonie in uns etwas auslöst."

Franziska versteht, dass es um etwas tief in uns Verborgenes gehen kann. Sie hat hier in Lentas eine Ahnung davon bekommen, wie Heilung und der Abstand von dem inneren Schatten aussehen könnte. Sie versteht jetzt auch besser, wie man durch die Dunkelheit ans Licht kommen kann, wie Träume helfen können, klarer zu sehen.

„Wir könnten uns doch erzählen, was wir uns wünschen loszuwerden, damit wir offen werden für Neues", schlägt sie vor.

„Offen für Neues, das klingt gut", meint Klaus, „ich bin dabei!" Auch Paul ist neugierig geworden und schließt sich seinem Freund an.

Wenn Michaelis es erlaubt, soll die Übernachtung am nächsten Tag stattfinden. Sie wollen sich Schlafsäcke besorgen und Kerzen anzünden. Klaus und Paul versprechen für genügend Getränke zu sorgen. Sie vereinbaren auch für die Zeremonie Opfergaben mitzubringen. Dann wollen sie in der Dunkelheit schlafen und auf Erhellung hoffen.

Doch vor diesem spirituellen Experiment wollen sich Franziska und Nicos bei Michaelis für das Mitnehmen der Tonscherben entschuldigen. Sie hoffen, dass er ihnen verzeiht – und sie haben Recht.

-15-

In einer anderen Taverne, gar nicht weit entfernt, sitzen Thomas und Claudia beim Abendessen.

Zärtlich sieht Thomas sie an. Er nimmt gut schmeckende Stücke von der gemischten Vorspeiseplatte und füttert Claudia damit, die diese Zuwendung genießt.

Etwas verwirrt denkt sie daran, dass sie noch vor kurzem hier mit Franziska gesessen hat und jetzt sitzt sie hier, verliebt in Franziskas Mann.

Claudia findet es schade, dass sie sich nicht mehr mit Franziska trifft, dass sie sich jetzt ausweichen.

„Was ist zwischen dir und Franziska passiert, dass eure Liebe verloren ging?", fragt sie Thomas. Doch das ist nicht die richtige Frage. „Du darfst alles von mir wissen, aber bitte kein Wort mehr über Franziska. Die Frau macht mich nur wütend."

Claudia ist viel zu verliebt, um sich an dieser Antwort zu stören.

-16-

Tom sitzt allein vor seinem Zelt. Er befürchtet, dass Claudia auch diese Nacht nicht zu ihm kommen wird. „Warum hat sich Claudia in diesen Mann verliebt?", fragt er sich, „wie kann ich ihr meine Gefühle zeigen?" Er legt ein Herz aus Steinen vor ihr Zelt. Doch dann kommt er sich albern vor und wirft die Steine wieder ins Meer.

4. Teil: Die Zeremonie

-1 –

Asklepios sieht Hygieia verwundert an: „Wie kommt es, dass wir plötzlich wieder hier in Lentas bedeutsam werden? Was suchen diese Menschen bei uns? Wissen sie, auf was sie sich da einlassen? So viel Zeit ist vergangen, seitdem uns zum letzten Mal in Lentas geopfert wurde, soviel wurde unternommen, die Erinnerung an uns zu zerstören."

Sie blicken auf die Steine, Blumen, bunte Bänder und Speisen, welche die vier Menschen als Opfergaben unter die Säulen bei dem alten Heiligtum gelegt haben. „Wissen sie, dass es nicht um uns, sondern um sie selbst geht?", fragt Asklepios. „Ich brauche keine Verehrung, ich brauche keine Opfer, aber indem die Menschen opfern, fangen sie an, loszulassen, geben sie ab, und das wird sie weiter bringen in Richtung eines Erlebnisses, das die Menschen hier schon lange nicht mehr erfahren haben."

Hygieia lacht: „Gib zu, du freust dich." Asklepios nickt. „Ich bin gespannt, ob sie etwas verstehen!"

Franziska, Nicos, Paul und Klaus sitzen um das Licht der Kerzen herum, die sie in Gläser gestellt haben. Die Kerzenflammen flackern im Wind. Eine Weinflasche kreist. Sie schweigen. Die Frage steht im Raum, wer mit seiner Geschichte anfangen wird.

Franziska fühlt sich in dieser Runde geborgen. Ihr Blick fällt auf Nicos. Sie sieht ihn voll Zärtlichkeit an. Ihr Geliebter, der ihr so viel bedeutet, den sie liebt, wie sie bisher noch nie geliebt hat. Sie spürt die Kraft dieser Liebe, wenn ihre Blicke sich treffen.

Dann blickt sie weiter zu Paul und Klaus. Sie haben ihr immer wieder geholfen, ohne etwas von ihr zu verlangen. Sie freuten sich einfach mit ihr zusammen zu sein. Was sind das für neue Erfahrungen! Was wäre, wenn Thomas jetzt hier wäre. Alles wäre dann anders, sie wäre nicht mehr ruhig und gelassen – sondern voll Angst und Wut. Wie konnte das passieren, warum hatte sie sich das so lange von Thomas gefallen lassen? Und wie kommt es, dass sie diesen Männern, die sie erst so kurz kennt, vertrauen kann? Da hat sie sich schon verändert. Bis vor kurzem hatte sie so vertraut nur mit Frauen zusammengesessen und hatte dann auch oft mit ihnen zusammen auf Männer geschimpft. Jetzt merkt sie, dass sie es wagt, sich auf neue Erfahrungen mit Männern einzulassen.

„Ich fange an." Alle Blicke sind auf Franziska gerichtet.

„Es gibt eine Erinnerung, verbunden mit einem ganz schlimmen Gefühl. Das will ich loswerden. Ich war im Urlaub in Italien – mit Freundinnen. Wir hatten uns gestritten, ich war sehr wütend und wollte die anderen erst mal nicht mehr sehen. Ich lief hinunter zum Strand, versuchte, mich zu beruhigen. Plötzlich kamen zwei Männer auf mich zu. Ich änderte meine Richtung, doch sie verstellten mir den Weg. Einer hielt mir ein scharfes Messer an den Hals. „Komm mit!" Ich erstarrte vor Schreck. Ich wollte irgendetwas tun, konnte aber nicht. Ich spürte den Druck der Klinge an meinem Hals, meine Stimme versagte, ich konnte nicht schreien. Ich sterbe, dachte ich. In diesem Moment hörte ich eine brüllende Stimme hinter mir. „Lassen Sie sofort die Frau los!" Dies war meine erste Begegnung mit Thomas."

Zunächst schweigen alle bewegt von dem Gehörten. Die Stille wird nur durchbrochen durch das Rauschen des Windes. Es kommt Franziska vor, als könnte sie im flackernden Licht der Kerzen etwas erkennen. Vielleicht eine weibliche Gestalt? Aber sie ist sich nicht sicher. Sie fühlt sich erleichtert, dass sie hier in der Runde diesen Männern ihre Geschichte erzählen und die Last dieser Erfahrung mitteilen konnte.

Nicos sieht sie zärtlich an, drückt ihre Hand und zieht sie zu sich heran: „Du hattest keine Wahl, du musstest ihm dankbar sein." Franziska nickt. „Und ich habe mich immer unterlegen gefühlt, weil ich mir nicht selbst helfen konnte."

Paul sieht sie an: „Es ist schon merkwürdig, dass jetzt Thomas dich hier fast vergewaltigt hätte und du dich vor ihm retten musstest."

Franziska nickt. „Und ich danke euch für eure Hilfe."

Klaus winkt ab. „Hauptsächlich hast du dir selbst geholfen."

Nicos wird wütend. „Wenn ich daran denke, dann finde ich, dass Thomas doch Prügel verdient hätte. "

Franziska lacht ihn an: „Ich glaube, du hast ihm deinen Standpunkt gut klargemacht. Aber ist es jetzt nicht Zeit für eure Geschichten?"

Nicos blickt nachdenklich in die Runde. „Ich mache weiter.

Ich habe in Deutschland in einer Klinik gearbeitet. Übrigens am Asklepios-Krankenhaus, aber mit Selbstheilung hatte das wenig zu tun. Wir operierten und heilten ganz traditionell. Einmal bat mich ein Freund, seine Frau zu operieren, da er viel Vertrauen zu mir hatte. Ich hatte diese schwere Operation jedoch noch nicht so oft gemacht und wollte lieber nicht selbst operieren. Doch er überredete mich, berührte meinen Ehrgeiz und schmeichelte mir, ich sei der beste Arzt, den er kenne. Schließlich übernahm ich die Operation. Die Frau starb. Ich konnte es nicht verhindern. Ich hatte keinen richtigen

Fehler gemacht, es war einfach eine sehr gefährliche Operation – trotzdem. Mein Freund war tief enttäuscht und traurig und sprach nicht mehr mit mir. Ich fing an, mich vor bestimmten Operationen zu fürchten, bis ich gar nicht mehr operieren wollte und jetzt arbeite ich als Assistent in einer Praxis mit und trage nicht mehr so viel Verantwortung."

Paul sieht Nicos nachdenklich an. „Erst hast du dich überschätzt, jetzt unterschätzt du dein Können, könnte das sein?"

Wieder sieht Franziska in die Kerzenflammen. Sie lodern hell auf. Ein Wind kommt auf, sie rückt näher an Nicos, der zärtlich seinen Arm um sie legt.

„Über diesen Vorfall habe ich noch nie gesprochen", sagt er leise. „Eure Nähe hat mir den Mut gegeben, das zu erzählen und Lentas scheint ein guter Ort zu sein, diese Erinnerung loszuwerden. Ich fühle mich jetzt schon besser."

Alle schweigen. Die Weinflasche kreist. Sie hören das stärker werdende Rauschen der Wellen. Der Wind wird heftiger.

Paul bemerkt den Wind. Es ist als wolle er ihn auffordern, seine Geschichte zu erzählen.

„Ich mach mal weiter", beginnt er.

„Ich war mit einem Freund beim Segeln. Das Barometer fiel. Es sah nicht gut aus. Doch wir hatten vor, noch bis zur nächsten Insel zu kommen. Sollten wir es wagen? Wir waren jung und übermütig. Natürlich wollten wir segeln. Es war eine Herausforderung. Der Sturm wurde wilder. Das Segel war kaum noch zu halten. Ich hielt es mit all meiner Kraft. Plötzlich kam eine ganz starke Sturmbö auf und riss es mir aus der Hand. Das Schiff kippte um. Ich schrie und hielt mich am Mast fest. Mein Freund klammerte sich am Schiffsrand fest. Wir schaukelten durch die wilden Wellen. Irgendwie gelang es mir, ein Leuchtsignal abzuschießen. Doch es dauerte, bis wieder ein Schiff ins Meer hinaus fahren konnte. Als das Rettungsschiff endlich kam, hatte ich fast keine Kraft mehr, aber ich wurde gerettet. Mein Freund hingegen war in den Wellen verschwunden. Das kann ich einfach nicht vergessen und ich schäme mich für meinen Leichtsinn."

Klaus sieht Paul ernst an: „Jetzt verstehe ich, warum du immer alles so genau planst. Du willst nicht, dass wieder etwas Schlimmes passiert."

Und nach einer kurzen Pause fügt er hinzu: „Weißt du eigentlich, was für ein guter Freund du für mich bist?" Klaus und Paul umarmen sich herzlich.

Die Flammen knistern. Diesmal glaubt Franziska leise Stimmen zu hören. Aber sie kann sie nicht verstehen.

„Könnt ihr eine Stimme hören?", fragt sie.

Die Männer lauschen. Sie hören das stärker werdende Pfeifen des Windes. Doch keiner der Männer hört eine Stimme.

Auch Franziska kann sie jetzt nicht mehr hören.

Sie rücken näher zusammen und prosten sich zu: „Auf die Freundschaft."

Sie sehen Klaus an, der jetzt seine Geschichte erzählen will.

„Ich habe eine Nacht mit einer Frau verbracht. Wir beide hatten viel getrunken. Wir waren sehr ausgelassen und hatten heißen Sex miteinander. Es war einer der aufregendsten Nächte meines Lebens. Doch als ich am nächsten Morgen aufwachte, merkte ich, dass sie mir ganz fremd vorkam. Ich frühstückte mit ihr, redete noch länger mit ihr, aber die Stimmung war weg. Ich konnte nichts mit ihr anfangen. Sie hatte sich jedoch ganz heftig in mich verliebt. Ein paar Mal trafen wir uns noch, dann fing ich an, ihr nicht mehr zu antworten, ging nicht mehr ans Telefon, wenn ich sah, dass sie anrief. Irgendwann hörte ich, dass sie psychisch krank geworden ist. Ich wollte ihr helfen, doch jetzt wollte sie von mir nichts mehr hören. Ich weiß, dass sie mehrmals versuchte, sich das Leben zu nehmen.

Ich kann jetzt nichts mehr für sie tun. Aber seitdem denke ich nach, was die Liebe alles anrichten kann und kann nicht mehr lieben, wie ich es mir wünsche."

Franziska sieht ihn an. „Jetzt verstehe ich, warum du ein Buch über die Liebe schreibst. Ich glaube, du könntest einer Frau viel geben."

Die vier schweigen gerührt. Sie sehen auf die Flammen der Kerzen. Sie fühlen sich verbunden.

3

Hygieia und Asklepios konzentrieren sich auf die Handlungen im Heiligtum. Sie nehmen auf ihre Weise an der Zeremonie teil. „Ich glaube, die vier Freunde haben verstanden, um was es geht. Hast du gemerkt, dass Franziska meine Nähe wahrnimmt? Sie ist besonders empfänglich für unsere Botschaften. Das merkt man auch an ihren Träumen." Asklepios gibt Hygieia ein Zeichen und beide knien nieder und beginnen sich auf die Traumbotschaften zu konzentrieren.

Oberhalb des Heiligtums, auf einer Bank bei der Johannes-Kapelle, sitzt Dimitris und wundert sich über die Vorgänge bei der Asklepios Tempelruine. „Hat Michaelis diesen Leuten das erlaubt?", fragt er sich. „Und warum sitzen sie jetzt dort um die Kerzen herum, wie bei einer Zeremonie?" Er hat doch die Tonscherben versteckt, damit sollte doch auch die Erinnerung an die alte Kultur wieder verschwinden.

Er versteht nicht, was sie reden, aber er spürt die besondere Stimmung. Er kann sich dem Zauber, der von der Runde ausgeht, nicht entziehen. Aus der Ferne wirkt die Runde sehr harmonisch, vertraut. Es ist noch mehr als das. Irgendwie kommt ihm das bekannt vor. Eine alte Erinnerung steigt in ihm hoch. Er sieht sich wieder bei der Familie seines Bruders. Er sitzt mit seinem Bruder, seiner Schwägerin, ihren beiden Kindern und seiner Mutter zusammen beim Abendbrot. Vor dem Essen beten sie gemeinsam. Dann teilt seine Schwägerin das Essen aus und sie essen und trinken zusammen, erzählen sich die Ereignisse des Tages, vertrauen sich auch ihre Sorgen an. Doch das ist schon mehrere Monate her. Seit dem Tod seiner Mutter sind sie zerstritten. Er fühlt sich sehr einsam. Dimitris will heute nicht in seine leere Wohnung zurückgehen. Irgendetwas hält ihn an diesem Ort fest. Er legt sich auf die Bank, betrachtet den Sternenhimmel, den schwachen Schein der Kerzen bei der Tempelruine, hört den Wind und die starken Wellen. Das Gefühl der Einsamkeit wird weniger. Er fühlt sich an diesem Platz wohl und schläft ein.

-5-

Die vier Freunde legen sich schlafen. Die Dunkelheit breitet sich über ihnen aus.
Nicos und Franziska entfernen sich etwas von den anderen. Weiter unten am Rande des Heiligtums finden sie einen guten Platz zum Schlafen. Sie spüren die Nähe des anderen und doch steigt jeder allein hinunter in die eigene Welt der Träume.
Der Wind pfeift zwischen den Säulen des Heiligtums.

Aus der Tiefe des Innersten kommen die Träume. Werden sich durch die Zeremonie die Träume verändern?

Franziska kann zuerst nicht schlafen. Die Geschichte, die sie den anderen erzählt hat, hat viel in ihr aufgewühlt. Sie denkt an Thomas. Sie fühlt tiefe Traurigkeit. Sie denkt wieder daran, wie sie ihn zuerst bewundert hat, da er ihr geholfen hat. Doch wohin hat sich ihre Ehe entwickelt. Jetzt fährt er ihr nach und will ihre Liebe erzwingen. Was für ein Graben hat sich da zwischen ihnen aufgetan. Sie kuschelt sich an Nicos, der schon tief schläft. Sie hört seine ruhigen Atemzüge und endlich wird sie ruhiger. Sie schläft ein. Franziska träumt. Sie geht am Meer entlang. Es ist dunkel. Sie ahnt die nahe Gefahr. Sie will stehen bleiben, aber es geht nicht. Sie geht weiter, sie hört die Wellen und den Wind. Sie hört im Wind eine Stimme, die sie warnt: „Geh zurück!" Doch sie kann nicht anders, sie muss weitergehen. Da kommen zwei Männer auf sie zu. Einer hält ihr ein Messer an den Hals. „Komm mit!" Franziska holt aus und schlägt dem Mann das Messer aus der Hand, es fliegt ein Stück und bleibt in einer Felsenspalte stecken.

Aufgeregt wacht sie auf. Am liebsten würde sie gleich Nicos von ihrem Traum erzählen, doch der schläft noch tief. Sie kuschelt sich nah an ihn.

Ganz in ihrer Nähe ist Nicos weit weg in seinen Träumen. Er sieht die tote Frau seines Freundes, Asklepios beugt sich über sie. „Ich darf keine Tote erwecken, das weißt du. Aber ich kann dir helfen, Kranke zu heilen. Komm mit." Nicos folgt Asklepios und sieht sich in der verlassenen Ambulanz in Lentas. Zu seiner Verwunderung kann er jetzt ganz leicht und ohne Schmerzen gehen. Nicos will Asklepios danken, doch dieser verschwindet in einem schmalen Spalt in der Wand.

Nicos wacht auf. Verwirrt von dem Traum berührt er sein Bein, es fühlt sich besser an, die Schwellung ist zurückgegangen.

Etwas entfernt von den beiden, ganz allein in der Dunkelheit, träumt Paul seinen Traum. Er schwimmt im Meer. Plötzlich kommt ihm der verschwundene Freund entgegen. Er lächelt ihn an. Paul schwimmt näher heran. „Es tut mir so leid." „Es braucht dir nicht leidtun. Ich trage die Verantwortung selbst für mein Tun. Ich habe auch leichtsinnig gehandelt und war nur schwächer als du. Auch du hättest sterben können. Ich freue mich, dass du lebst und ich wünsche dir ein wunderschönes Leben!"

Paul will den Freund noch etwas fragen, doch da verschwindet er. Paul taucht ihm nach und sieht, wie er tief im Meer verschwindet, zwischen zwei Felsen.

Auch Klaus träumt in dieser Nacht.

Der Traum führt ihn zu seiner Wohnung in Deutschland. Er ist in seinem Zimmer, er liegt auf seinem Bett. Eine Frau kommt zu ihm.

Sie küsst und umarmt ihn, er fühlt sich von ihr sehr angezogen. Er verliert all seine Scheu. Er traut sich wieder, sie in die Arme zu nehmen, zu küssen, zu streicheln. Er schläft mit ihr. Er fühlt sich glücklich. „So wirst du gesund", sagt die Frau. Er will die Frau wieder an sich ziehen, doch sie verschwindet durch die Tür, die nur einen spaltbreit offen bleibt. Klaus will ihr nacheilen, doch die Tür lässt sich nicht weiter öffnen. Er bleibt im Türspalt stecken und sieht ihr nach.

Schlafend bei der Kapelle träumt Dimitris. Er sieht seine Mutter vor sich. Aber ist es seine Mutter? Sie ähnelt auch der Mutter Maria oder einer Göttin. Sie strahlt golden. Er reicht ihr die Hand. Sie nimmt sie und sagt: „Geh zu deinem Bruder und versöhne dich. Der Streit um das Erbe, um die Bilder, ich will das nicht." Dimitris wacht auf und weint. Nein, das wollte er auch nicht.

5. Teil: Die Botschaft des Asklepios

Am nächsten Morgen sitzen die vier Freunde beim Frühstück zusammen und erzählen sich aufgeregt ihre Träume. Sie fühlen sich aufgewühlt. Sie haben etwas sehr Wichtiges erlebt. „Wie kann das sein, dass wir durch unsere Träume so wichtige Hinweise für unsere Leben bekommen haben?", fragt Klaus. Nicos blickt ihn nachdenklich an: „Wir wollten es wohl so."

Franziska fühlt sich an diesem Morgen so frei und kraftvoll. „Wie geht es euch?", fragt sie, „ich fühle mich wie neugeboren, befreit."

Paul und Klaus stimmen ihr zu. „Das trifft es ziemlich", meint Klaus, „ich fühle mich von einer Last befreit." Paul nickt: „Ich fühle mich so, als hätte ich Gnade gefunden vor Gott und müsste mich nicht mehr schämen."

Nicos meint: „Ich bin so dankbar für meinen Traum." Er zeigt den anderen sein Bein, das kaum noch geschwollen ist. „Wie konnte das so schnell heilen? Und ich frage mich, ob ich wirklich hier als Arzt arbeiten sollte."

Die Tonscherben sind erst einmal vergessen. Es ist für die vier Freunde nicht leicht, zu verstehen, was da vor sich ging. Alle haben in dieser Nacht in der Tempelruine eine Veränderung, eine Befreiung erlebt.

„Meint ihr, da ist göttliche Kraft im Spiel?", fragt Klaus nachdenklich.

Nicos hat dazu eine Idee. „Ich könnte mir vorstellen, das war ein Zusammenspiel von vielem, von unserer Bereitschaft, etwas verändern zu wollen, unserer Einstimmung und Freundschaft, unserer Offenheit für eine spirituelle Erfahrung. Vielleicht geht auch von diesem Ort ein besonderer Zauber aus, der uns hilft diese Offenheit zu erleben."

Franziska nickt: „All dies zusammen würde ich die Kraft der Liebe nennen, der göttlichen und der menschlichen." Die vier Freunde schweigen gerührt.

-2-

Die Traumbotschaften beschäftigen die Freunde noch lange. Doch schließlich erinnert sich Paul wieder an seine Aufgabe, die Tonscherben zu suchen. Nachdenklich blickt er die anderen an: „Ich kann in unseren Träumen auch eine verdeckte Botschaft entdecken. Wir alle haben von einer Spalte geträumt, in der Wand, im Felsen oder einem Türspalt. Dieser Hinweis ist doch nicht zu übersehen. Was bedeutet diese Spalte? Sollen wir sie suchen? Könnten vielleicht die Tonscherben in einer Spalte versteckt sein?"

Die vier Freunde denken angestrengt nach. Die Idee von Paul erscheint ihnen stimmig. Warum sollten ihre Träume neben einem Hinweis für sie selbst nicht auch noch eine andere Botschaft enthalten.

Franziska lässt ihren Blick kreisen. Von ihrem Frühstücksplatz aus sieht sie das Meer, den Löwenfelsen mit Höhlen. Könnten dort die Tonscherben versteckt sein? Aber wo sollte man da anfangen zu suchen?

Ein plötzlicher Ausruf von Klaus reißt sie aus ihren Gedanken. „Ich glaube, ich hab's. Ich habe eine Idee, welche Felsspalte es sein könnte. Paul, weißt du noch, wo wir eine Felsspalte gesehen haben? Erinnerst du dich noch an unseren Ausflug zur Bergkapelle?   Da oben, bei der Bergkapelle, war so eine Felsspalte. Wir müssen etwas übersehen haben."

Aufgewühlt und berührt, wie sie sich fühlen, sind sie sich sofort einig, diese Idee zu überprüfen. Paul holt den Leihwagen und sie fahren noch einmal zur Bergkapelle.

-3-

Diesmal haben sie es nicht eilig. Auch hierbei hat sich etwas verändert. Franziska genießt die gemeinsame Fahrt. Sie fühlt sich neu mit den Freunden verbunden.

Klaus fragt die anderen, was sie nach dieser Zeremonie nun über die Bedeutung der

Tonscherben denken. „Glaubt ihr, dass ihr Auffinden etwas verändern wird?"

Franziska denkt an die Kraft, die es ihr oft gab, wenn sie die Tonscherbe in der Hand hielt und an den Moment, als sie die Tonscherbe losließ und Nicos kam.

„Für mich sind die Tonscherben ein wichtiges Symbol geworden, das mir Kraft gab. Ich möchte sie so gern wiederfinden. Es erscheint mir nach der Zeremonie noch wichtiger, sie zurück zur Tempel-Ruine zu bringen. "

Paul parkt das Auto und sie wandern das letzte Stück schweigend zur Bergkapelle.

-4-

Der Traum hat Dimitris aufgewühlt. Doch er zögert noch. Soll er seinen Bruder wirklich anrufen und von seinem Traum erzählen? Was soll er sagen?

Er seufzt tief. Dann wählt er die Nummer. Sein Bruder meldet sich. Dimitris findet es angenehm, die vertraute Stimme zu hören. „Georgio, ich glaube, Gott will, dass wir uns wieder versöhnen", so beginnt er das Gespräch.

Und zu seiner Verwunderung freut sich Georgios sehr: „Stell dir vor, ich habe heute Nacht von dir geträumt. Du saßest wieder wie immer bei uns abends am Tisch. Wir beteten zusammen und aßen zusammen. Du fehlst uns, du musst wieder vorbeikommen."

Dimitris ist aufgeregt. Nicht nur er hat von einer Versöhnung geträumt. Das muss eine Botschaft Gottes sein.

Er ist so sehr mit seinen eigenen Gedanken beschäftigt, dass er gar nicht bemerkt, wie die vier Freunde sich aufmachen in Richtung Bergkapelle.

-5-

Angekommen am Parkplatz oberhalb der Bergkapelle sind Nicos und Franziska überwältigt von dem Blick über die Berge. Sie bleiben stehen, küssen und umarmen sich. Sie wollen diesen beeindruckenden Ort auf ihre Art genießen.

Doch Paul und Klaus gehen schon zur Bergkapelle.

Pauls Blick wandert an dem Felsen entlang, in den die Kapelle gebaut ist. Rechts vom Eingang findet er die Felsspalte wieder, an die er sich erinnert hat. Paul greift hinein und entdeckt mehrere alte Ikonen, die wohl aus der Kapelle stammen. Er legt sie zur Seite und greift wieder hinein. Er findet ein paar Steine. Er tastet weiter. Er will schon seine Hand zurückziehen, doch ein plötzlicher Impuls lässt ihn noch tiefer in die Spalte hineingreifen. Er fühlt etwas Hartes, greift danach und zieht seine Hand wieder aus der Spalte heraus. Er blickt aufgeregt auf die Tonscherbe in seiner Hand. Er hält sie ans Licht.

Die Zeichen könnten echt sein. Voll Freude zeigt er die Tonscherbe Klaus. Nicos und Franziska sind nachgekommen und stehen schon hinter ihm. Sie erkennen sofort, dass es die Tonscherbe ist, die sie suchen. „Ja, das ist sie!", ruft Franziska, „hoffentlich findest du auch noch die zweite." Paul steckt die Hand wieder in die Spalte, sucht. Er holt wieder ein paar Steine heraus. Ist sie noch da? Er greift noch einmal tief nach hinten und dann hält er auch eine zweite Scherbe in der Hand. Er legt die Scherben nebeneinander. Sie passen zusammen. Paul umarmt Klaus. „Hurra, wir haben es geschafft!" Franziska und Nicos sehen sich schuldbewusst an. Doch Paul nimmt auch die beiden in den Arm. „Es war gut, dass wir die Tonscherben suchen mussten. So haben wir etwas entdeckt, was wir sonst nicht gefunden hätten!"

-6-

Nicos kennt einen einsamen Strand unterhalb der Bergkapelle. Sie fahren ein Stück mit dem Auto zurück. Dann bittet er Paul anzuhalten und zeigt hinunter in die Schlucht. „Dort hinter den Felsen liegt ein wunderbarer Strand." Paul sieht Nicos fragend an. „Du willst hinunter zum Strand mit deinem Bein?" Nicos lacht. „Mein Bein ist geheilt, ich werde es euch beweisen."
Doch Paul hat keine Lust zum Strand hinunter zu gehen. „Ich finde, wir sollten lieber Michaelis die

Tonscherben bringen. Er sucht ja schon so lange nach ihnen", meint er pflichtbewusst. Klaus pflichtet ihm bei. „Ich finde, Michaelis hat es verdient, dass wir ihm die Tonscherben sofort bringen."

„Ist es für euch in Ordnung, wenn ihr Michaelis die Tonscherben ohne uns bringt?", fragt Nicos Paul und Klaus. Als die beiden zustimmen bittet er Franziska: „Kommst du mit mir? Wenn wir heute nicht zum Strand heruntergehen, werden wir es vor deiner Abreise nicht mehr schaffen." Natürlich kann sie ihm den Wunsch nicht abschlagen. Paul droht zum Abschied Nicos mit dem Finger: „Aber übertreib es nicht!"

Beim Abstieg zum Strand ist Franziska etwas aufgeregt. Der Weg ist wirklich ziemlich steil. Sie hofft, dass Nicos dies wirklich schon bewältigen kann. Doch dieser geht lachend vor ihr. In der Ferne schimmert schon verlockend das Meer. Nicos bleibt stehen. Strahlend vor Glück nimmt er sie in den Arm. „Du wirst sehen, um diese Zeit sind wir an dem Strand allein. Wir können dort ganz ungestört sein." Fröhlich läuft er weiter. Doch plötzlich stolpert Nicos, schreit laut auf: „Verdammt!" Franziska läuft zu ihm hin. Nicos setzt sich auf einen Stein und hält sich das Bein. „Ich bin umgeknickt, jetzt schmerzt es wieder furchtbar. Ich versuche mal, ob ich noch laufen kann." Vorsichtig bewegt er das Bein und verzieht das Gesicht vor Schmerz. Franziska stützt ihn und Nicos versucht vorsichtig aufzutreten. Er sackt wieder hinunter auf den Stein. „Ich glaube, ich schaffe das nicht."

„Bleib sitzen", schlägt Franziska vor. „Ich hole Hilfe. Ich hoffe, ich habe mein Handy dabei." Sie wühlt in ihrer Tasche. „Nein, mein Handy habe ich nicht mitgenommen, vielleicht du?" Nicos schüttelt den Kopf. „Du weißt ja, ich übersende meine Grüße lieber über Tonscherben." Franziska ist im Moment nicht zum Scherzen zumute. Sie ist unruhig. Wie soll sie Nicos wieder hoch zur Straße bringen? Sie ärgert sich, dass sie so spontan losgelaufen ist, ohne nachzudenken. „Das war wohl doch nicht die beste Idee, hier herunterzuklettern", schimpft sie. Nicos sieht sie an. So ärgerlich und besorgt hat er Franziska noch nie gesehen. „Mach dir keine Sorgen, ich komme hier schon wieder weg", beruhigt er sie. „Manchmal kommen auch auf dieser einsamen Straße Autos vorbei. Du könntest eins anhalten. Oder, du müsstest die Straße entlang gehen bis zur nächsten Taverne. Da wohnt Jiannis, der wird mir sicher helfen. Weißt du, hier ist das so, da lässt keiner den anderen im Stich." Franziska sieht Nicos etwas beschämt an, so schlimm, wie sie dachte, scheint die Situation doch nicht zu sein. „Also ich gehe mal hoch zur Straße. Vielleicht habe ich ja Glück und es kommt bald schon jemand vorbei, der uns helfen kann." Sie küsst Nicos. Er streicht ihr über die Stirn. Sie ist schweißnass. „Warte!" Er holt Wasser aus seinem Rucksack: „Trink erstmal! Wir kennen ja

148

inzwischen die gute Wirkung des Wassers!"
Franziska setzt sich neben ihn. Sie merkt, wie sie
ruhiger wird.

Nicos Gelassenheit tut ihr gut. Dann steigt sie
hoch zur Straße.

-7-

Dimitris sitzt lange mit seinem Bruder Georgios
zusammen und hat alles andere um sich herum
vergessen. Nachdem er sich lange und herzlich
von der Familie seines Bruders verabschiedet hat,
fällt ihm auf, dass er gar nicht mehr an die
Tonscherben gedacht hat. Es ist so schön
gewesen, wieder mit der Familie seines Bruders
zusammen zu sein. Doch jetzt wird er unruhig
und beschließt, nachzusehen, ob die Tonscherben
noch sicher in ihrem Versteck sind. Er fährt mit
seinem Leiterwagen los.
An der Straße kurz vor der Abbiegung zur
Bergkapelle, sieht er Franziska stehen. Sie winkt
aufgeregt. Soll er weiterfahren oder anhalten?
Lange Zeit hat er diese Frau Hexe genannt, sie
verflucht aufgrund der Erregung, die sie in ihm
auslöst. Doch heute ist er in einer glücklichen
und versöhnlichen Stimmung. Er hält an.
Franziska geht auf den Lieferwagen zu. Sie
erkennt den alten Mann, den sie schon öfter
getroffen hat. Sie erzählt ihm, was Nicos passiert
ist.

Und nun können die Götter einen Anblick genießen, den sie sich nicht so leicht hätten träumen lassen. Nicos humpelt gestützt auf Franziska und Dimitris den Hang hinauf zum Lieferwagen.

-8-

Michaelis strahlt glücklich, als Klaus und Paul ihm die Tonscherben übergeben. Erst untersucht er die Scherben genau. „Ja, das sind sie!", ruft er begeistert. Dann öffnet er eine Flasche Raki und schenkt den beiden ein. „Auf eure Gesundheit! Herzlichen Dank, dass ihr die Tonscherben gefunden habt. Ihr seid selbstverständlich meine Gäste, solange ihr bleiben wollt. Ihr seid wahre Freunde."

Michaelis lässt sich genau die Geschichte von den Träumen erzählen. Er lacht begeistert.

„Genial, dass ihr alle von einer Spalte oder einer Felsspalte geträumt habt und die richtige Felsspalte gefunden habt. Das ist ja fast ein kleines Wunder." Zusammen trinken sie noch mehrere Gläser auf die gegenseitige Gesundheit, auf Asklepios und auf die Freundschaft. Je mehr sie zusammen trinken, umso ungewöhnlicher werden ihre Theorien darüber, wer Franziska und Nicos zusammengeschlagen haben könnte und die Tonscherben versteckt hatte.

Dimitris setzt Franziska und Nicos in ihrem Appartement ab, wendet den Lieferwagen, um noch einmal zur Bergkapelle zu fahren.

Als er an Michaelis Haus vorbeikommt, winkt dieser ihm, nicht mehr ganz nüchtern, fröhlich zu. „Komm her! Wir haben die Tonscherben wiedergefunden, die ich dir zeigen wollte und die verschwunden waren", berichtet er freudestrahlend. Dimitris hält seinen Wagen an. Das, was er befürchtet hat, ist passiert.

Doch seltsamerweise macht es ihm nicht mehr so viel aus. Irgendetwas hat sich in ihm verändert.

Michaelis strahlt vor Freude und schenkt ihm einen Raki ein. „Paul und Klaus haben sie mir gerade vorbeigebracht. Sie haben vom Fundort geträumt und die Tonscherben in einer Felsspalte bei der Bergkapelle gefunden. Wer die wohl dort versteckt hat?" Dimitris blickt nach unten, damit Michaelis ihn nicht so genau ansehen kann. Er ist froh, dass sein Freund nichts über seine Tat weiß. Dimitris überlegt, was der Fund jetzt bedeuten wird. „Was hast du jetzt vor?"

„Ich werde beantragen, dass in der Ausgrabungsstätte wieder gearbeitet wird. Da müssten noch weitere Danksagungen auf Tontafeln zu finden sein", antwortet Michaelis voll Tatendrang. „Soll das eine Konkurrenz zu unserer Kirche werden?", fragt Dimitris nach.

Doch Michaelis lacht. „Nein, es geht mir darum, die Erinnerung an die Asklepios-Kultur unverfälscht zu erhalten, mehr nicht. Komm, lass uns noch ein Glas trinken, ich bin so froh, dass ich die Tonscherben wiedergefunden habe."

Dimitris trinkt mit. Er hofft, dass es so sein wird, dass es nur um alte Erinnerungen geht und dass von Asklepios keine Gefahr ausgeht. Nach mehreren Gläsern glaubt er schon fast daran.

-10-

Franziska hat Nicos ins Appartement gebracht. Dort hat er sich selbst einen Verband angelegt und ruht sich aus.

Sie geht am Strand entlang, setzt sich in ein Café und schreibt wieder in ihr Tagebuch. Sie versucht zu verstehen, was passiert ist.

Was hat sich verändert? Können wir uns durch Träume verändern? Oder ist es die Liebe und die Freundschaft, die uns verändert hat? Der eigene Wunsch, etwas loszuwerden und zu verändern?

Sie denkt an den Wunsch von Nicos, hier zu leben, in der Nähe der antiken Heilstätte seine Praxis zu eröffnen. Könnte sie auch hier leben? Alles in Deutschland aufgeben?

Sie blickt auf die junge Frau, die den Kaffee bringt. Ist die glücklich, hier sein zu können und hier zu arbeiten? Sie blickt auf die zwei schwarz gekleideten Frauen, die vor ihrem Appartement sitzen und darauf warten, dass der Bus, ein Auto oder ein Taxi ankommt, um den ankommenden Touristen ein Zimmer anbieten zu können. Sie sitzen den ganzen Tag in der Sonne, unterhalten sich und beobachten, was geschieht. Sind sie mit ihrem Leben zufrieden?

Was würde mich glücklich machen, fragt sich Franziska. Und was wird sich durch die Träume bei Klaus und Paul verändern?

Franziska sieht Claudia am Strand entlang gehen und winkt ihr zu. Sie hat bisher erfolgreich versucht, Thomas aus dem Weg zu gehen, aber sie findet es schade, dass ihr Kontakt zu Claudia jetzt abgebrochen zu sein scheint.

Claudia setzt sich zu Franziska, bestellt Wein, prostet ihr zu. „Jetzt hast du Thomas ja gleich gegen drei Männer eingetauscht, oder was habt ihr da beim Tempel zusammen gemacht? Eure Übernachtung dort ist schon Tagesgespräch in Lentas."

Franziska wird rot. „Was denkst denn du über mich! Das war ein Experiment, ein Selbstversuch, ob die Heilungs-Idee von Asklepios auch heute wirken kann."

„Und wirkt sie?" Claudia ist neugierig.

„Ja, wenn wir uns trauen, loszulassen." Franziska nimmt die Hand von Claudia. „Ball mal eine Faust, so leben wir oft, wollen etwas festhalten, jetzt mach die Faust auf." Franziska legt ihre Hand in die Hand von Claudia. „Jetzt ist deine Hand offen und wir können uns begegnen."

Sie sehen sich an. „Ja, ich bin froh, dass wir wieder füreinander offen sind", erwidert Claudia. „Wir haben alle nachts im Heiligtum für uns Wichtiges träumen können", berichtet Franziska weiter, „und vorher haben wir uns Erinnerungen erzählt, die uns belastet haben und die wir loswerden wollten."

Claudia sieht sie neugierig an.

„Das klingt spannend. Willst du mir von deinem Traum erzählen?"

Franziska sieht Claudia an und überlegt, ob Thomas weiterhin zwischen ihnen stehen könnte.

„Ich habe geträumt, wie ich mir selbst helfen kann. Träumend habe ich mich befreit von meiner Abhängigkeit von Thomas."

Claudia nimmt Franziskas Hand. „Ich bin froh, dich getroffen zu haben, und ich bin glücklich, dass ich Thomas gefunden habe." Franziska seufzt erleichtert auf. „Und ich bin froh, dass ich ihn los geworden bin." Claudia lacht und steckt mit ihrem Lachen Franziska an. Sie umarmen sich. Jetzt scheint Thomas nicht mehr zwischen ihnen zu stehen.

-11-

Am Abend vor Franziskas Abreise wollen sich die Freunde in der Bar treffen.

Nicos humpelt jetzt wieder. Er hat sich selbst den Streckverband angelegt, den er nach dem Experiment im Heiligtum schon abgelegt hatte.

Klaus steht an der Theke und unterhält sich strahlend und bereits etwas angeheitert mit einer schönen Frau.

Nicos und Franziska gehen winkend an ihm vorbei. Da wollen sie erstmal nicht stören. „Meinst du, er traut sich schon wieder, sich in eine Frau zu verlieben?", fragt Franziska Nicos. Der lacht. „Diese Frau kenne ich, sie heißt Maria, ich glaube, da hat er kaum eine Chance, standhaft zu bleiben."

Paul setzt sich zu den beiden und zeigt scherzend auf Nicos. „Ich habe schon von eurem misslungenen Ausflug zum Strand gehört. Und ich sagte doch noch, nicht übertreiben!"

Nicos grinst zurück. „Ohne die Hilfe von Franziska wäre ich dort auf den Klippen verhungert."

Franziska wird rot. „Ganz so schlimm war es doch nicht."

Die Scherze der Freunde gehen weiter, doch Franziskas Gedanken wandern ab. Morgen muss sie abreisen und sie will nicht nach Deutschland zurück. Sie will noch bei Nicos und den Freunden hier in Lentas bleiben. Doch sie muss zurück zu ihrer Arbeit. Sie schluckt.

Nicos legt den Arm um sie. „Ich weiß, dass du traurig bist. Doch genieß den Augenblick. Ich habe dir etwas Schönes bestellt." Ein Drink wird ihr gebracht. Wunderkerzen brennen. Es wird Franziska warm ums Herz. Die liebevolle Aufmerksamkeit von Nicos tut ihr einfach gut.

Paul berichtet von einem Segelschiff, das er gesehen hat und das er vielleicht kaufen möchte.

Nicos will Michaelis in seinem Vorhaben unterstützen, die Ausgrabungen weiter zu führen und sich informieren, ob es möglich ist, in Lentas eine Praxis zu eröffnen. Sie reden aufgeregt von ihren Plänen.

Franziska trinkt einen Schluck von ihrem Drink. Doch sie kann sich nicht ganz entspannen. Sie fühlt einen Stich im Herzen, ja, wie gern würde sie auch noch bleiben.

-12-

Claudia geht vor ihrer Abreise zu Tom. Auch er wird in Lentas bleiben. Er will dem Meer lauschen, seinen Kopfstand machen und die Menschen beobachten. Sie erzählt ihm von der Idee Franziskas über das Loslassen. Tom lacht. „Wenn ihr einen Experten im Loslassen braucht, dann könnt ihr mich fragen. Ich glaube, es gibt nur wenige Menschen, die so leben wie ich, die auf Geld und Sicherheit verzichten. Loslassen heißt für mich so lange vor meiner Hütte zu sitzen, bis das Geld ausgegangen ist, dann bei den Bauern helfen, solange wie es nötig ist, um genug zusammen zu haben, um wieder in der Sonne sitzen zu können. Wie viele ackern und hamstern und sparen auf einen Zwei-Wochen Urlaub, der all das ersetzen soll, was sie vermissen, und kehren dann maßlos enttäuscht zu ihrem Alltag zurück." Tom ist richtig in Fahrt gekommen. Vom Loslassen, da braucht ihm wirklich niemand etwas zu erzählen. Er weiß, was Loslassen bedeutet. Claudia versteht ihn. Sie hat ja immer wieder für kurze Zeit mit ihm dieses Leben geteilt.

Doch mit ihrer Frage: „Kannst du dich auch genauso gut einlassen, wie du loslassen kannst?", beschäftigt er sich dann noch lange.

-13-

Franziska liegt neben Nicos im Bett und kann nicht schlafen. Sie spürt noch seine liebevollen Berührungen auf ihrer Haut, ihr Körper vibriert von der Lust, die sie mit ihm erleben konnte. Jetzt schläft er glücklich und zufrieden neben ihr.

Es ist ihre letzte Nacht in Lentas. Morgen muss sie wieder nach Deutschland zurück fahren. Franziska will gar nicht daran denken, dass sie schon wieder abfahren muss.

Loslassen – es ist so schwer.

Kann es sein, dass es Nicos und auch anderen Männern leichter fällt, loszulassen?

Er schläft so ruhig neben ihr, während sie unter der Vorstellung leidet, ihn wieder verlassen zu müssen.

Braucht sie oder brauchen Frauen allgemein mehr Sicherheit?

Doch wie trügerisch war ihre Sicherheit in der Beziehung zu Thomas.

Er wollte sie als Frau und er wollte sie zu seinen Bedingungen.

Mit Nicos wagt sie Freiheit, das Experiment, sich nur durch die Gefühle zu binden, ohne die Sicherheit, ihrer Liebe einen festen Rahmen zu geben.

Dies erscheint ihr bei Tage gut und passend: die Bereitschaft, sich immer wieder neu füreinander zu entscheiden, sich immer wieder aufeinander zu freuen, gemeinsam zu wagen, den Gefühlen zu vertrauen.

Heute Nacht leidet sie jedoch unter dieser Freiheit. Sie denkt, wie dumm es ist, so einen schönen und wunderbaren Geliebten wieder zu verlassen. Ich sollte bei ihm bleiben.

Sie drückt sich an Nicos. Er reagiert und zieht sie, noch im Schlaf, an sich.

Franziska kommen die Tränen. Seine Reaktion auf sie passt so wunderbar zu ihren Wünschen. Er tut genau das, was sie sich früher in ihren einsamen Nächten erträumt hat: von einem Mann umarmt und geliebt zu werden.

Franziska zwingt sich, die traurigen Gedanken wegzuschieben. Sie will dieses wunderbare Gefühl genießen, so nah bei ihm zu sein, in seinen Armen zu liegen.

Sie erinnert sich an die Botschaft des Meeres:
Lieben heißt einlassen, Lieben heißt loslassen.

Es tut auch weh, das fühlt sie. Aber es ermöglicht ihnen eine ganz besondere Liebeserfahrung.

Franziska küsst Nicos lang und innig, bevor sie ins Taxi steigt. „Ich komme wieder. Mit im Gepäck habe ich so viele umwerfende Erfahrungen und die Sehnsucht auf ein baldiges Wiedersehen." So versucht sie sich zu trösten. Wieder hat sie das Empfinden, nicht loslassen zu wollen. Sie will sich nicht aus seiner Umarmung lösen. Sie würde so gerne bleiben. Sie küssen sich lange, und dieser Kuss schmeckt schon wieder nach mehr, nach Liebe, nach Verlangen. Doch sie muss losfahren. Loslassen, um wiederkommen zu können.

Tom sieht zu Claudia, die ihr Zelt zusammenpackt. Neben ihr steht Thomas, der schon ungeduldig wartet. „Seltsam", denkt Tom, „er hilft ihr gar nicht." Aber dies scheint Claudia nichts auszumachen. Sie beeilt sich und wirft Thomas zwischendrin verliebte Blicke zu. „Ob das die Liebe ist, auf die Claudia gewartet hat?", fragt sich Tom. Er steht auf, geht zu einem Turm aus Steinen, die er in langer Arbeit aufgeschichtet hat. Er hat die Steine genau angesehen, überlegt, welche passen könnten, dann die Steine sorgfältig aufgeschichtet, bis es gelang, einen Turm zu bauen, der höher war, als er selbst. Jetzt gibt er dem Turm einen Stoß. Mit einem lauten Knall

159

fällt er in sich zusammen. Erschrocken blickt sich Claudia um. Tom lacht. „Ich baue einen neuen und hoffe, wenn er fertig ist, bist du auch wieder hier."

Er hat ihr gerade sein wichtigstes Werk geopfert, aber er weiß nicht genau, ob sie verstanden hat, dass er bereit wäre, sich mehr auf sie einzulassen, als er ihr bisher zeigen konnte.

Thomas nimmt Claudia zur Seite. „Was ist das für ein komischer Kerl?" Doch sie lässt sich von Thomas nicht davon abhalten, Tom noch einmal zu umarmen, bevor sie abfährt.

-16-

Verwirrt sitzt Franziska im Flugzeug. Sie muss zurückfliegen und will nicht.

Im gleichen Flugzeug ein paar Reihen weiter vorn sitzen Thomas und Claudia. Sie küssen sich, sind guter Laune, bestellen sich einen Sekt.

Franziska sieht die beiden, lehnt sich zurück und spürt ganz intensiv wie es ist, sich ohne Angst, ohne Unterlegenheit Thomas gegenüber zu fühlen. Verwundert merkt sie, dass er ihr gleichgültig geworden ist.

Anderes ist wichtig. Sie fühlt jetzt schon ihre Sehnsucht nach Nicos, und diese Sehnsucht wird sie begleiten.

Eine Woche nach dem Osterfest in Deutschland wird auf Kreta das Osterfest gefeiert. Viele Familienangehörige sind zu diesem Familienfest angereist. Aus den Küchen kommt der herzhafte Duft von Lammfleisch.
Die Osterglocken läuten. Viele Gläubige versammeln sich in und um die kleine Kapelle in Lentas. Dimitris betet zusammen mit seiner Familie. Er dankt Gott für die Versöhnung. Seit langem hat er sich nicht so zufrieden gefühlt.

6. Teil: Ankommen

Franziska steigt aufgeregt aus dem Taxi. Sofort hat sie das Gefühl hier anzukommen. Lentas begrüßt sie mit strahlendem Sonnenschein, mit dem Duft der Kräuter, gemischt mit dem salzigen Duft des Meeres, mit dem vertrauten Rauschen der Wellen. Und ihre Aufregung legt sich sofort, als sie Nicos sieht, der sie mit seinem hinreißenden Lächeln begrüßt. Noch bevor sie etwas sagen kann, küsst er sie heiß und verlangend. „Ich hatte so große Sehnsucht." Er führt sie stolz in seine Ambulanz. Doch bevor sie sich umsehen kann, findet sie sich auf seiner Liege wieder. Nicos umarmt sie, drückt sich an sie, beginnt sie auszuziehen. Ihre Körper finden wieder zueinander, als ob sie nie getrennt gewesen wären. Sie lieben sich voll Leidenschaft, wild und schnell, so als könnten sie die lange Trennung dadurch wieder gut machen. Glücklich und erschöpft lächelt Nicos Franziska an. „Willkommen in Lentas. Ich habe eine Überraschung für dich!"

Nicos bittet Franziska, mit ihm zum Heiligtum zu gehen. Heute findet ein Fest zur Wiedereinweihung des Brunnens statt. Michaelis konnte erreichen, dass von der Heil-Quelle die Leitung zum Heiligtum wieder hergerichtet wurde, so dass dort im Brunnen wieder Wasser fließt.

Die vorhandene Brunnenfassung wurde gereinigt und geschmückt. Außerdem wurden weitere Tonscherben gefunden mit Danksagungen an Asklepios und an Hygieia.

Von weitem hören sie schon Musik. Viele Menschen haben sich bei dem Brunnen versammelt. Sie kommen gerade in dem Moment an, als Michaelis die Leitung zum ersten Mal aufdreht. Das Quellwasser läuft sprudelnd heraus. Michaelis gibt die ersten Gläser mit dem Quellwasser an seine Freunde, Klaus und Paul, die auch zu dem Fest wieder angereist sind. Er umarmt die beiden herzlich. „Ohne eure Hilfe wären die Tonscherben immer noch verschwunden und es wäre mir nicht gelungen, die Tradition zu beleben, im Heiligtum das Heilwasser trinken zu können", sagt Michaelis gerührt.

Viele Tonscherben mit Schriftzeichen sind im Heiligtum aufgereiht. Michaelis übersetzt die Danksagungen für die deutschen Freunde. „Dank Asklepios kann ich wieder laufen." „Oh,

Asklepios, oh Heiler, oh Gott." „Asklepios sei Dank, ich habe kein Wasser mehr in den Beinen." Franziska kann auch die Tonscherben erkennen, die sie mitgenommen hatten. „Gott Asklepios, danke."

Michaelis kommt auf die beiden zu und reicht ihnen Gläser mit Heilwasser.

„Willkommen in Lentas, willkommen bei der Wiedereinweihung des Brunnens! Und wie gut, dass wir jetzt wieder einen Arzt hier haben, das passt doch wunderbar zusammen."

Nicos und Franziska trinken von dem Wasser und gehen dann zu der Stelle, an der sie sich Ostern getroffen hatten. Sie küssen sich lange. Jetzt spielt wieder die Musik, die Säulen im Heiligtum sind mit Blumen und Bändern geschmückt. Ein Tisch wurde aufgestellt mit verschiedenen kleinen Köstlichkeiten. Es gibt Oliven, Schafskäse, Nüsse, Wein und Raki.

Nicos schmiegt sich an Franziska und flüstert ihr ins Ohr: „Lass uns mal das andere Heilwasser probieren." Er schenkt ihr ein Glas Wein ein und prostet ihr noch mal zu. Klaus und Paul kommen auf die beiden zu. Sie umarmen sich herzlich, trinken Wein, erzählen sich, was sich inzwischen ereignet hat.

Franziska fragt neugierig: „Wie war eure Reise? Habt ihr in den Sternen das Kreuz des Südens entdecken können?"

Paul sieht Franziska ernst an. „Auf dieser Reise konnte ich endlich Frieden schließen mit meiner

Vergangenheit. Ich konnte mir selbst verzeihen, meinen Freund nicht retten zu können. Jetzt weiß ich, dass ich wieder segeln werde."

Auch Klaus berichtet bewegt von der Reise. „Das Wichtigste war für mich zu merken, wie sehr ich Maria vermisst habe, die ich hier kennen gelernt habe. Je weiter ich von Lentas entfernt war, je unruhiger wurde ich. Unter dem Kreuz des Südens passierte es dann, die Sehnsucht wurde riesengroß, ich spürte meine Liebe zu Maria und wollte unbedingt wieder nach Lentas und zu ihr zurück. Ich bin so dankbar, wieder eine Frau lieben zu können, ohne Angst und ohne Scheu."

Er deutet auf Maria, die mit einer Schale Oliven auf sie zukommt. Franziska sieht, wie Klaus Maria eine Olive in den Mund steckt, sie küsst und die Olive ihr wieder aus dem Mund herausholt. Sie lachen.

Franziska sagt lachend zu Klaus: „Vielleicht solltet ihr auch Hygieia und Asklepios ein paar Oliven opfern für euer Glück."

Die Sonne scheint auf das Heiligtum, die Musik mischt sich mit dem Rauschen des Meeres, Franziska schmiegt sich etwas benommen vom Wein und von der Feier an Nicos. Sie bewegen sich zur Musik. Klaus und Maria, viele Paare tanzen jetzt. Es herrscht eine leichte, heitere Stimmung. Das Leichte im Leben hat hier im Heiligtum Platz gefunden.

Dimitris blickt irritiert zum Heiligtum herüber. Er fürchtet, dass jetzt doch heidnische Sitten wiederbelebt werden. Als der Priester kommt, fragt er ihn, was er von dem Treiben beim Heiligtum hält.

„Mach dir mal keine Sorgen um die Feier zur Wiedereinweihung des Brunnens", meint er.

„Achte mal drauf, was gleich passieren wird."

Der Priester lässt die Glocke zur Abendandacht läuten. Dimitris merkt, dass sie heute besonders laut ist.

Sie klingt auffordernd und einladend zugleich.

Und wirklich, die kleine Johannes-Kapelle bevölkert sich.

Viele Touristen kommen vom Asklepios-Heiligtum zu der Johannes-Kapelle herüber, zünden eine Kerze an. Einige bleiben, wie er, vor dem Bild der Maria stehen und bekreuzigen sich.

Die Andacht beginnt. So viele Menschen waren lange nicht mehr in der kleinen Kapelle. Das Gebet an Gott scheint vielen auch wichtig zu sein, nicht nur die Wiedereinweihung des Brunnens.

Dimitris ist froh. Der Glaube an Christus ist mächtig genug. Er lässt sich nicht durch die Feier am Heiligtum erschüttern.

Er kniet nieder und bittet Gott um Vergebung.

„Ich habe deine Kraft unterschätzt. Ich hätte gar nicht handeln müssen. Ich hätte auf dich

vertrauen können. Verzeih mir meine rohe
Gewalt."

-4-

Thomas liegt mit Claudia in einem breiten Bett.
Er hat sie überreden können, diesmal mit ihm in
den Norden Kretas zu reisen und den Luxus
einer riesigen Hotelanlage zu genießen.
Er saugt an ihrem Busen, doch die erwartete
Wirkung bleibt aus.
Er bittet sie, seinen Penis in den Mund zu
nehmen, aber auch jetzt wird er nicht steif.
Thomas merkt, dass das Zusammensein mit
Claudia nicht mehr erregend für ihn ist. Es ist
langweilig geworden, da sie willenlos alle seine
Wünsche erfüllt.
Er gibt ihr einen Klaps auf den Hintern. Sie lacht.
Er schlägt heftiger zu. Immer wieder auf ihren
Po. Claudia beginnt sich zu wehren. „Hör auf, du
tust mir weh."
Doch Thomas merkt, wie er endlich wieder erregt
wird. Er hält Claudia fest und schlägt fester zu.
Claudia versucht, sich zu befreien. Doch Thomas
ist viel stärker. Er hält sie fest. Jetzt ist sein Penis
steif. Er dringt in sie ein, stößt heftig in sie.
Schnell ist er fertig. Er seufzt glücklich. Doch
Claudia neben ihm weint.

Franziska geht am Meer entlang. Nicos arbeitet in der Ambulanz. Sie genießt die Sonne auf ihrer Haut, die Spiegelung des Lichtes auf dem Meer, die Helligkeit und Schönheit des langen Sandstrandes. Jetzt kann sie hier entlanggehen, ohne sich Sorgen zu machen, jetzt hat sie ihre Liebe wiedergefunden.

Sie setzt sich in ein Café und schreibt eine Ansichtskarte an eine Freundin. Dann schreibt sie ihre glücklichen Gedanken in ihr Tagebuch. Sie ist voll aufgeregter Vorfreude. Bald wird sie Nicos wieder treffen und mit ihm den Abend verbringen. Sie blättert in ihrem Tagebuch zurück. Wie sehr haben sich ihre Eintragungen verändert. Die verzweifelte Suche ist vorbei.

Der einzige Wermutstropfen ist, dass sie immer wieder abreisen muss, nach den Ferien wieder in Deutschland arbeiten wird. Nicos bleibt erst einmal hier und arbeitet. Doch er hat versprochen, wenn der Winter das Dorf in einen Winterschlaf hüllt, dann wird er sie in Deutschland besuchen.

Michaelis kommt zu ihrem Tisch. „Hat dir das Fest gefallen?"

Franziska nickt. „ Ja, es war wunderschön. Hast du auch gemerkt, wie sich eine besonders leichte Stimmung im Laufe des Festes ausbreitete?"

Michaelis stimmt ihr zu. „Ich glaube, der Geist des Asklepios weht noch über dem Heiligtum."

Wie zur Bestätigung kommt ein Windstoß auf und weht einige Servietten vom Tisch.

Franziska blickt in Richtung des Heiligtums. Eine Gruppe von fünf Wanderern geht den Hügel hinauf, der zum Heiligtum führt.

„Ich habe den Eindruck, dass immer mehr Menschen das Heiligtum besuchen und das Quellwasser dort trinken. Stimmt das?", fragt sie Michaelis.

Michaelis steht auf. „Ja, du hast recht. Ich werde mal hinaufgehen und ihnen etwas über Asklepios erzählen. Ich freue mich darüber, dass sich immer mehr Touristen über diese Kultur informieren wollen."

Franziska blickt ihm nach. Eine dunkelblaue Blüte fällt auf ihren Tisch, der Wind wird heftiger. Sie nimmt die Blüte und legt sie in die letzte Seite ihres Tagebuches und presst es zusammen. Noch ein Gruß aus Lentas, den ich mitnehmen kann, denkt Franziska.

– 6 –

Asklepios sieht voll Dankbarkeit zu seiner Tochter Hygieia. „Du hast geahnt, dass ich nicht vergessen werde. Jetzt würdigen sie das Heilwasser wieder und immer mehr Menschen kommen zum Heiligtum."

Hygieia nickt. Wieder kommt ein Windhauch auf und der Wind weht über das Heiligtum hinunter zu den umliegenden Cafés. Hörst du das? Sie lauschen den Worten von Michaelis. „Ich glaube der Geist von Asklepios weht noch über dem Heiligtum." Bewegt sieht Asklepios Hygieia an. „Wie lange habe ich darauf gewartet, dass die Menschen das wieder verstehen."

-7-

Klaus kommt zu Franziskas Tisch im Café „Hallo, du Schöne."

Sie blickt auf. Klaus setzt sich neben sie.

Klaus blickt auf Franziskas Tagebuch. „Du schreibst wieder?"

„Ja, aber diesmal muss ich keine traurigen Gedanken darüber aufschreiben, ob mein Geliebter kommt oder nicht. Jetzt kann ich mich voll Vorfreude auf den Abend und über meine Liebe zu Nicos freuen. Allerdings ist es schwer, immer wieder abreisen zu müssen. Immer wieder loslassen zu müssen, sich von der gelebten Liebe hier zu verabschieden. Gleichzeitig bleibt unsere Liebe so auch etwas ganz Besonderes, fern ab, sich durch den Alltag abzunutzen."

Franziska seufzt. Sie will nicht an den Abschied denken, sie ist ja erst gerade wieder angekommen.

Und hast du an deiner Geschichte über die Liebe weitergeschrieben?", will Franziska wissen.

Klaus sieht sie an. „Ich habe etwas hier gelernt. Ich kann keine allgemeingültige Geschichte über die Liebe schreiben. Aber ich kann beobachten, fühlen und staunen über die Liebe. Und ich kann mich selbst wieder auf die Liebe einlassen, ohne Angst." Er holt sein Notizheft hervor und liest vor:

„Nicos steigt aus dem Auto. Sofort hat er das vertraute Gefühl wieder in Lentas angekommen zu sein. Aufgeregt fühlt er nach der Tonscherbe in seiner Tasche. Würde Franziska schon beim Dorfplatz auf ihn warten? Er sieht sich um. Eine Entenmutter treibt stolz ihre vier Entenküken über den Platz. Sie verschwinden hinter einem der parkenden Autos.

Ein paar Touristen und Kreter sitzen in den umliegenden Tavernen. Franziska ist nicht dabei. Enttäuscht blickt er sich um. Er hat so gehofft, sie gleich bei seiner Ankunft zu sehen. Er überlegt, wo sie sein könnte. Er geht die schmale Gasse zu dem Appartement, das sie das letzte Jahr bewohnte. Die Tür ist verschlossen, auch hier ist sie nicht. Die Sehnsucht brennt wie ein schmerzender Funke in ihm. Er denkt an seinen Abschied von Franziska und plötzlich weiß er, wo er sie suchen will. Mit klopfendem Herzen geht er hinauf zu den Ruinen des Asklepios-Heiligtums."

Franziska lacht. „Schreibst du eine Geschichte über Nicos?"

Klaus sieht sie an. „Besser gesagt, über einen liebenden Mann. Paul hat mich auf die Idee gebracht."

„Und wie geht die Geschichte über den liebenden Mann weiter?", fragt Franziska neugierig. „Pass auf!" Klaus blättert weiter. „Nicos und Franziska streiten sich heftig. Keiner kann nachgeben. Nicos überlegt, aus dem Haus zu rennen, in die Freiheit, ans Meer, an einen Ort, an dem keiner ihm herein redet in sein Leben. Doch dann hält er inne. Er sieht Franziska an. Ihr Gesicht ist gerötet vom Streit. Auch im Zorn sieht sie wunderschön und erotisch aus. Er geht auf sie zu, nimmt sie in den Arm, küsst sie und wirft sie wild aufs Bett. Nicos und Franziska lieben sich wild, so wild wie bei ihrer ersten Begegnung in Lentas. Solange ich sie so liebe, denkt Nicos, werde ich mich immer wieder mit ihr versöhnen."

Franziska lacht. „Die Leidenschaft kann auch nach einem Streit wieder versöhnen. Dies ist auch eine Art von Loslassen und Einlassen, keine schlechte Idee. Und was steht noch in deiner Geschichte?"

Klaus nimmt das Heft an sich. „Das wird noch nicht verraten!"

Franziska blickt sich um. „Wo ist eigentlich Paul?", fragt sie. Klaus zeigt auf ein Segelschiff weit draußen im Meer. „Er ist schon wieder mit seinem geliebten Segelschiff unterwegs. Auch eine Art von Liebe eines Mannes, oder?"

Der Freak Tom sitzt vor seiner Hütte und schüttelt den Kopf. Er versteht die ganze Aufregung um das Heiligtum nicht. Warum brauchen die Menschen so etwas? Er geht zu der kleinen Felsgrotte hinter seinem Zelt. Die Felsen sind bewachsen mit Moos. Aus einer Spalte quillt langsam, langsam etwas Wasser. Er hat einen Topf darunter gestellt. Es wird reichen, dass er wieder seine Wasserflasche füllen kann.

Ist das auch Heilwasser? Vielleicht. Es schmeckt und erspart ihm den Gang zum Dorf. Den Rummel dort meidet er möglichst. Lieber unterhält er sich noch mit dem Meer. Er fühlt, dass er Claudia vermisst und hofft, dass sie bald wiederkommt.

Er sehnt sich nach ihr.

Seinen Steinturm hat er wieder aufgebaut. Er ist höher geworden als der alte.

Während er einen weiteren Stein dazulegt, stellt er sich vor, ihn Claudia zu zeigen.

Würde sie merken, dass er ihn für sie gebaut hat?

Plötzlich sieht er eine schmale Gestalt den Strand herunterkommen. Kann sie das sein? Ja, es ist Claudia – und sie kommt allein. Für einen Moment gibt er seine Gelassenheit auf. Er springt auf, läuft ihr entgegen und umarmt sie herzlich.

Auf dem Rückweg vom Strand geht Franziska zur kleinen Johannes-Kapelle. Sie ist verschlossen. Sie wartet und überlegt, wer sie für sie öffnen könnte. Da kommt der alte Mann, dem sie schon oft begegnet ist und der sie und Nicos nach seinem Sturz mit seinem Lieferwagen mitgenommen hat. Er begrüßt sie und öffnet die Kapelle für sie.

Franziska zündet eine Kerze an und steckt sie in den goldenen Behälter. Sie betrachtet das Bild von Maria, denkt an die griechischen Göttinnen, an Hygieia, an all die Wesen, die helfen können, wenn wir etwas verändern wollen. Die Kerze flackert und Franziska blickt voll Dankbarkeit in das Licht. Sie fühlt sich auch hier in der Kapelle verbunden mit einer Kraft. Das Licht wird heller und sie fühlt sich erfüllt von dem Gefühl der Liebe.

Hier in Lentas, das fühlt sie voll Dankbarkeit, konnte sie auf eine ganz besondere Weise die Kraft der Liebe erfahren und sie hat gelernt, dass Lieben für sie einlassen und loslassen bedeutet.

Auch Dimitris betritt die Kapelle. Er sieht Franziska beten. Ist sie eine Heuchlerin? Kann Gott ihr ihre freie Liebe verzeihen? Kann er selbst ihr verzeihen, dass sie ihn immer wieder in Versuchung brachte?

Er sieht sie an. Er sieht ein Strahlen in ihrem Gesicht.

Er spürt, dass sie Gott nahe ist.
Er bekreuzigt sich und geht wieder hinaus.

-10-

Franziska tritt aus der dunklen Kapelle in das helle Sonnenlicht. Sie sieht Nicos, der auf sie zukommt. Sie fragt sich: „Liebt ein liebender Mann anders als eine liebende Frau? Wie wird sich die Liebe zwischen Nicos und mir weiter entwickeln? Werden wir uns unsere Leidenschaft erhalten können?"
Eine Antwort auf die Frage nach der Liebe eines Mannes kann sie sofort bekommen.
Nicos begrüßt sie lachend. Er küsst sie, nimmt sie in den Arm, streichelt sie sanft. Franziska drückt sich an ihn. Sie fühlt eine Welle des Glücks durch ihren Körper fließen und sie merkt ihre Erregung, ihre Lust auf ihn. „Was fühlst du jetzt?", fragt sie.
„Ich fühle mich glücklich, wenn ich dich umarmen kann und ich fühle eine große Lust auf dich. Weißt du, wo ich jetzt mit dir sein will?", fragt Nicos. Franziska nickt.
Franziska und Nicos gehen zum Meer, der untergehenden Sonne entgegen.
In bestimmten glücklichen Momenten der Liebe, so denkt Franziska, stimmen die Bedürfnisse von Mann und Frau doch sehr gut überein.

Epilog I

Hygieia träumt. Sie sieht ein helles Licht. Im Licht erkennt sie Asklepios und einen anderen Gott. Es scheint ihr so, als wäre es Christus. Die beiden umarmen sich. Sie will ihnen nacheilen, aber die beiden verschwinden in einem immer heller werdenden Licht. Sie kann jetzt die beiden göttlichen Wesen gar nicht mehr unterscheiden. Im Licht werden sie eins. Es wird heller und heller. Ein starker Windhauch weht über sie. Sie wacht auf. Sie sieht ein helles Licht und geht auf das Licht zu.

Epilog II

Ein Briefträger stellt sein Fahrrad ab und blättert die Post durch. Er beeilt sich, denn ein kalter Wind weht ihm ins Gesicht. Er friert.
Er nimmt eine Postkarte und will sie automatisch einwerfen.
Plötzlich hält er inne und blickt fasziniert auf das Bild.
Ein kleiner Strand mit hellem Sand. In den Felsen hinein sind kleine Tavernen gebaut. Der Himmel ist strahlend blau, darunter sieht man das blauglitzernde Meer.
Wie schön wäre es, jetzt dort zu sein, denkt er.
Neugierig dreht er die Ansichtskarte um. Er liest: Lentas, Kreta.